COLLECTION
FOLIO/THÉÂTRE

126

69
88
110

Jean Racine

Athalie

*Édition présentée, établie et annotée
par Georges Forestier*
Professeur à l'Université de Paris-Sorbonne

Gallimard

PRÉFACE

Lorsqu'en 1688 Racine commence à écrire Esther, qui pré-
lude de deux ans à Athalie, cela fait onze ans qu'il s'est retiré
du théâtre. Nommé historiographe de Louis XIV dans les mois
qui suivirent Phèdre, il s'est entièrement consacré à l'histoire
du «plus grand roi du monde». Depuis 1677, s'il est toujours
homme de lettres — et l'historien est au XVIIe siècle au sommet
de la hiérarchie des hommes de lettres —, il a cessé d'être poète
dramatique. Sans regret apparent. Bien plus, accompagnant
son roi qui se tourne de plus en plus vers la dévotion depuis
qu'il a épousé la pieuse Mme de Maintenon, et se rapprochant
toujours plus de ses anciens maîtres jansénistes, il est désormais convaincu, après avoir farouchement combattu cette idée
au début de sa carrière, que le théâtre empoisonne les âmes. Et
lorsque quelques années plus tard, en 1694, Bossuet se déchaî-
nera contre ceux qui ont osé soutenir que le théâtre est un
divertissement innocent, ce sera en faisant valoir que Racine
«a renoncé publiquement aux tendresses de sa Bérénice».
C'est dire que, en donnant coup sur coup Esther et Athalie,
Racine ne renoue en aucune manière avec une carrière théâtrale définitivement abandonnée. Ce n'est ni pour le public, ni
pour les acteurs de la Comédie-Française qu'il revient à l'écriture dramatique. Et de fait, lors de la publication des deux
pièces, un long privilège d'impression signé Louis XIV fera

défense expresse à tout comédien professionnel de les représen-
ter sur un théâtre public.

Si donc Racine renoue avec la «poésie dramatique» en
1688, c'est uniquement pour répondre à une pressante invitation de Mme de Maintenon, qui avait fondé quelques années
plus tôt à Saint-Cyr une institution pour jeunes filles pauvres
de la noblesse : elle lui avait demandé s'il pouvait composer
pour ses pupilles «quelque espèce de poème moral ou historique
dont l'amour fût entièrement banni» et qui «demeurerait
enseveli dans Saint-Cyr». Cette information transmise par
l'une des principales actrices de l'événement, Mme de Caylus,
nièce de Mme de Maintenon, est corroborée par le témoignage
du marquis de Dangeau, un des plus proches courtisans du
roi, qui avait noté dans son Journal à la date du 18 août
1688 : «Racine, par l'ordre de Mme de Maintenon fait un
opéra dont le sujet est Esther et Assuérus ; il sera chanté et
récité par les petites filles de Saint-Cyr. Tout ne sera pas en
musique. C'est un nommé Moreau qui fera les airs.» On voit
que ce n'est même pas une tragédie qu'on lui avait requis de
composer, comme il l'explique lui-même dans sa Préface : on
me demanda, écrit-il, «si je ne pourrais pas faire sur quelque
sujet de piété et de morale une espèce de Poème, où le chant fût
mêlé avec le récit ; le tout lié par une action qui rendît la chose
plus vive et moins capable d'ennuyer».

«Poème moral», «opéra», «espèce de poème» mêlant le
chant et le récit : si Esther a été malgré tout appelée, dès son
achèvement et lors de la publication, tragédie, c'est parce
qu'il n'existait pas d'autre terme pour désigner une pièce de
théâtre tirée de la Bible, mettant en scène un roi et une reine et
comportant péril de mort pour les bons et sanglant châtiment
pour les méchants ; depuis plus d'un siècle, tous les régents de
collège qui composaient en latin des pièces bibliques destinées à
être représentées par leurs élèves les intitulaient tragédies.
Seulement, ce qui ne devait être qu'une pièce de collège devint,
entre les mains de Racine, un chef-d'œuvre digne d'être mis

sur le même pied que ses autres œuvres, d'être comparé avec la tragédie antique, de rivaliser, grâce à l'appoint du musicien Moreau et du décorateur Berain, avec les splendeurs chorales et ornementales de l'opéra contemporain. Du coup, ce qui était destiné à rester « enseveli » dans le cadre de l'institution de Saint-Cyr fut, au commencement de 1689, offert à l'admiration du roi et de ses proches, puis des personnalités les plus en vue de la cour de Versailles — « un divertissement d'Enfants est devenu le sujet de l'empressement de toute la Cour », écrit Racine dans sa Préface —, et il parut normal de l'offrir à l'admiration universelle par la publication.

Après un tel succès mondain, qui n'avait été prémédité ni par la commanditaire ni par l'auteur, et qui devait beaucoup à l'engouement manifesté publiquement par un maître de cérémonie nommé Louis XIV, on conçoit que l'invitation à composer une nouvelle œuvre de ce type n'ait guère tardé. À la fin de février 1689, au lendemain de la dernière représentation, chacun se demandait seulement quel nouveau sujet Racine allait pouvoir choisir : « l'histoire d'Esther est unique », s'inquiétait Mme de Sévigné[1], « ni Judith, ni Ruth, ni rien ne saurait si bien réussir. » Autant dire que le poète avait tout à perdre, si ce n'est en renouvelant l'expérience, du moins en choisissant un sujet aussi dépouillé qu'Esther et l'on comprend qu'il se soit engagé, en choisissant le sujet d'Athalie, dans un projet beaucoup plus ambitieux.

UNE « VRAIE » TRAGÉDIE

De fait, loin du « poème moral » d'Esther, le sujet d'Athalie est un vrai sujet de tragédie : un sujet dans lequel la ferveur religieuse, le sentiment de l'admiration, l'éclat du spec-

---

1. Lettre du 28 février 1689, dans *Correspondance*, éd. R. Duchêne, Bibliothèque de la Pléiade, Gallimard, 1972, vol. III, p. 520.

tacle et le sublime poétique de la parole et du chant, au lieu d'effacer comme dans Esther *les émotions tragiques traditionnelles que sont la frayeur et la pitié, contribuent au contraire à rehausser celles-ci. Autrement dit,* Athalie *développe un sujet qui présente un conflit tragique type — un affrontement mortel entre les membres d'une même famille —, tout en assurant le nécessaire triomphe du héros biblique après l'avoir placé dans une situation de victime violemment opprimée. Sans doute de tels sujets ne manquaient-ils pas dans la Bible, et l'on s'étonne souvent qu'il ait choisi le sujet peu connu d'Athalie qui, avant lui, n'avait guère fourni qu'à deux obscures tragédies de collège.*

Ce choix particulier, c'est Racine lui-même qui nous en donne l'origine en définissant dans sa Préface le sujet de sa tragédie : «Elle a pour sujet, Joas reconnu et mis sur le Trône.» *Comme près de quarante ans plus tôt* Héraclius, *l'une des tragédies romaines les plus admirées et les plus imitées de Corneille, avait pour sujet Héraclius reconnu et mis sur le trône : un usurpateur qui décime tous les enfants du souverain légitime ; le plus jeune des enfants (encore à la mamelle) sauvé par sa nourrice, caché aux yeux du tyran pendant de longues années et élevé sous une autre identité ; cet héritier légitime révélé enfin à son peuple qui l'espérait au moment même où le tyran, informé, cherchait à le faire mourir ; le meurtre de l'usurpateur abandonné de tous et le couronnement du souverain. La trame, on le voit, est la même, aussi bien que l'enjeu politique des conflits. Sans doute ce précédent est-il revenu à l'esprit de Racine lorsque, multipliant les lectures au lendemain d'Esther, il a repris le* Discours sur l'Histoire universelle *de Bossuet (1681). À cette histoire de massacre princier, de grand-mère parricide et d'enfant royal sauvé, caché puis révélé, Bossuet avait accordé plus de place qu'aux deux règnes de David et de Salomon réunis : il avait vu dans ces événements l'une des plus éclatantes démonstrations des voies impénétrables de la Providence divine.*

En lisant cette histoire, on ne pouvait qu'être frappé par un autre précédent célèbre, cornélien lui aussi, celui de Rodogune, *histoire de la monstrueuse Cléopâtre de Syrie qui, après avoir usurpé le pouvoir en assassinant son mari, tua l'un de ses fils et tenta de faire mourir l'autre pour rester sur le trône. Cette femme, animée d'une passion du pouvoir telle qu'elle en devint, selon les termes de Corneille, une «seconde Médée», ne pouvait qu'être rapprochée d'Athalie dont la violence meurtrière avait été définie par Lemaître de Sacy, dans son commentaire à l'édition traduite en français des* Livres des Rois, *en ces termes : «D'autres auteurs disent qu'Athalie étant d'un naturel très violent, et possédée du désir de régner seule dans Juda, se porta à cet excès de fureur, ainsi qu'une autre Médée, que de tuer ses enfants, c'est-à-dire ses petits-enfants, pour s'assurer la couronne par le meurtre de tous ceux qui auraient pu la lui disputer.» Ainsi, au défi que devait relever Racine au lendemain d'*Esther — *développer encore un sujet sacré, mais qui soit en même temps une* vraie tragédie —, *la lecture de l'histoire de Joas et d'Athalie, en faisant surgir les modèles de* Rodogune *et d'*Héraclius, *apportait la réponse : il est des sujets bibliques qui correspondent d'emblée aux grands principes de la poétique de la tragédie profane, offrant ainsi la possibilité de retrouver les plus hautes caractéristiques dramatiques de la tragédie traditionnelle dans le cadre d'un pieux respect de l'Écriture sainte.*

DU RÉCIT BIBLIQUE
À LA PERSPECTIVE CHRÉTIENNE

*C'est cette synthèse exceptionnelle qui fait d'*Athalie *la plus réussie de toutes les tragédies à sujet religieux. Car Racine ne s'est pas seulement montré fidèle aux récits bibliques : il s'est montré capable de saisir l'esprit de la Bible.*

Il lui était particulièrement nécessaire d'en être capable pour

pouvoir interpréter correctement le rôle de Dieu dans l'his-
toire d'Athalie et de Joas, et l'admirable dialogue entre Joad et
Abner qui ouvre la tragédie montre qu'il l'a justement inter-
prété : en apparence, Dieu s'est retiré du peuple hébreu, comme
le dit un Abner désespéré (v. 97) ; en fait, rétorque Joad, il
faut avoir confiance dans les promesses du Ciel, même lorsque
Dieu paraît s'être effacé (v. 137). Car Dieu ne se retire jamais,
comme le prouve la permanence de ses miracles qu'évoque le
grand prêtre : ce sont les hommes qui se détournent de lui et
qui finissent dans leur aveuglement par s'ensanglanter eux-
mêmes ; seuls ceux qui ont gardé leur foi en vérifieront les pro-
messes et révéleront par leurs propres actes la présence de Dieu.
De là cette étonnante dialectique tout au long d'Athalie de
la présence et de l'absence de Dieu. Et c'est par cette dialec-
tique que le poète communique deux impressions faussement
contradictoires : l'une selon laquelle tout dans l'enchaîne-
ment des événements semble le résultat de l'industrie humaine
— impression qui est précisément celle que communique le récit
biblique —, l'autre qui montre Dieu remplissant la promesse
qu'il a faite à David en inspirant les bons choix à Joad et en
suscitant « l'esprit de vertige et d'erreur » à Athalie. Cette dia-
lectique implique que Dieu ne soit pas l'unique protagoniste
du drame, inspirant les uns et perdant les autres, comme si les
hommes étaient de pures marionnettes entre les mains de Dieu.
Ni la Bible, ni Athalie ne montrent cela, et Racine, quelles que
fussent ses sympathies à cette époque pour ses anciens maîtres
et ses amis de Port-Royal ne manifeste pas ici la moindre idée
de prédestination absolue qui remettrait toute la conduite des
hommes entre les mains de Dieu[1]. Sinon, comment pourrait-il
laisser affirmer dans les derniers vers de sa tragédie que « les
Rois dans le Ciel ont un juge sévère » ? Il ne peut y avoir de
juge que s'il y a un libre-arbitre pour l'homme dans le cadre

---

1. La réplique de Joad (v. 265-268) aux craintes de Josabet (v. 235-238)
rejette explicitement toute idée de prédestination.

d'une Loi divine. Autrement dit, le Dieu d'Athalie n'est nul-
lement un Dieu de prédestination, conformément au paradoxe
biblique selon lequel Dieu conduit tout à sa fin en laissant
aux hommes le soin de se conduire eux-mêmes dans le cadre de
sa Loi : il est à la lettre un Dieu de providence, Racine se fai-
sant le fidèle interprète de la leçon que Bossuet avait tirée des
Écritures dans son Discours sur l'histoire universelle.

L'étonnant est que cette dialectique de la présence et de
l'absence divine semble permettre à Racine de retrouver la
technique de l'évocation du merveilleux païen qu'il avait mise
en œuvre dans Iphigénie. *On pourrait appliquer à* Athalie
*cela même qu'il écrivait dans la Préface d'*Iphigénie *: «Ainsi*
le dénouement de la Pièce est tiré du fond même de la Pièce.»
Tout est explicable en termes purement humains (et poli-
tiques) : une usurpatrice qui veut finir d'asseoir sa domina-
tion sur son peuple en écrasant le dernier foyer de résistance
légaliste et religieux, poussée à agir par le représentant de la
religion rivale, obligeant ainsi le grand prêtre à dévoiler l'iden-
tité du roi caché et à attirer la reine dans le piège qui la fera
mourir, vengeant ainsi et rétablissant la lignée de David, élue
de Dieu, qu'elle avait voulu exterminer. En même temps tout
est interprétable en termes religieux, et c'est Athalie elle-même,
persuadée d'avoir été conduite à sa perte par une force supé-
rieure, qui s'écrie à la fin : «Impitoyable Dieu, toi seul as tout
conduit.»

En d'autres termes, ceux des personnages qui pensent agir
de leur propre volonté, comme Athalie ou Mathan, sont sous le
même regard de Dieu que ceux qui agissent en se sentant ins-
pirés par lui, comme Joad et les lévites. En somme, Racine a
conduit sa tragédie comme si elle pouvait être vue du même
regard que ses tragédies mythologiques, d'un regard rationnel
qui interdit tout élément irrationnel dans la conduite de l'his-
toire qui fonde la structure de la tragédie; mais il a aussi fait
en sorte que la dimension religieuse (c'est-à-dire non pas irra-
tionnelle à proprement parler, mais révélée) soit constamment

présente à travers le grand prêtre inspiré, *et à travers les inter-*
ventions du chœur qui chante la grandeur de Dieu et la
manière dont il conduit l'Histoire.

    De cette interprétation, Racine s'explique dans sa Préface en
renvoyant à l'ouvrage qui lit toute l'aventure humaine en
termes providentiels, le Discours sur l'Histoire universelle
de Bossuet, et dans lequel, nous l'avons dit, l'histoire de Joas
et d'Athalie figure en bonne place : « Il s'agissait [dans cette
action] non seulement de conserver le sceptre dans la maison
de David, mais encore de conserver à ce grand Roi cette suite
de Descendants dont devait naître le Messie. » Cependant,
comme nous venons de l'expliquer, rien dans la conduite de
l'action ne permet à un spectateur ou un lecteur qui n'aurait
pas été élevé dans l'enseignement des Évangiles de saisir cette
perspective providentielle et de l'appliquer au Christ.

    De là l'importance de la prophétie de Joad à la fin du troi-
sième acte (III, 7) : jugée inutile par un très grand nombre de
commentateurs depuis le XVIIIe *siècle — et très probablement dès*
les lectures que fit Racine de sa pièce, ce qui explique qu'il tente
de s'en justifier dans sa Préface et la qualifie d'épisode —,
c'est elle qui donne son sens chrétien à cette pièce biblique. Car
elle est effectivement inutile au plan de l'action, et c'est en quoi
paradoxalement elle attire toute l'attention. Le risque qu'a pris
Racine d'amoindrir le sentiment de pitié tragique que le lec-
teur doit ressentir pour l'enfant persécuté en laissant entendre
qu'un jour il abandonnera Dieu et fera mourir Zacharie dans
le temple, ce risque n'a de sens qu'au regard de la perspective
providentielle qu'il a cherché à conférer à l'ensemble de sa pièce
à travers cette prophétie. Il s'en explique clairement dans sa
Préface : « Ce meurtre commis dans le Temple fut une des prin-
cipales causes de la colère de Dieu contre les Juifs, et de tous les
malheurs qui leur arrivèrent dans la suite. On prétend même
que depuis ce jour-là les réponses de Dieu cessèrent entièrement
dans le Sanctuaire. C'est ce qui m'a donné lieu de faire prédire
tout de suite à Joad et la destruction du Temple et la ruine de

Jérusalem. Mais comme les Prophètes joignent d'ordinaire les consolations aux menaces, et que d'ailleurs il s'agit de mettre sur le trône un des Ancêtres du Messie, j'ai pris occasion de faire entrevoir la venue de ce Consolateur, après lequel tous les anciens Justes soupiraient. » De fait, il n'a laissé subsister aucune ambiguïté dans la deuxième partie de la prophétie en faisant «voir» au prophète la venue de «la Jérusalem nouvelle» (v. 1159), dont nul au XVIIᵉ siècle ne pouvait ignorer qu'il s'agissait de l'Église chrétienne. On voit que prophétie de Joad et imprécation lancée par Athalie sur son petit-fils au dénouement vont dans le même sens : en prêtant à Athalie cette malédiction, conforme en tout point à ce que décrit la suite du récit biblique (Joas devenu idolâtre et assassin de Zacharie) — conforme, plus largement à cette longue succession de rois pieux et de rois apostats, que décrivent les livres des Rois et des Chroniques, et qui conduira à la ruine de Jérusalem et à la captivité de Babylone —, Racine laisse entendre que l'histoire qu'il met en scène ne se termine pas avec la tragédie : tous les événements ne sont que jalons et soubresauts de la grande Histoire qui conduit à l'avènement du Sauveur. Par là, le poète ne pouvait mieux remplir la fonction de pédagogue des demoiselles de Saint-Cyr dont Mme de Maintenon l'avait chargé.

LE TRAGIQUE DE L'IDENTITÉ

Toutes les sources de Racine[1], si elles s'étendaient longuement sur les préparatifs du couronnement de l'enfant-roi, ne s'attardaient guère sur Athalie. Depuis le massacre qu'elle a perpétré sur sa propre descendance jusqu'à la révélation du roi caché et son couronnement, on ignore ce qu'elle devient : elle règne en toute tranquillité dans le plus parfait aveuglement de

---

1. Sur le détail des sources, voir la Notice, p. 166.

ce qui se trame dans le sanctuaire, dans la plus parfaite indif-
férence à l'existence même du sanctuaire. Et c'est bien ainsi
que Bossuet l'avait interprété : «Athalie, qui [...] crut [Joas]
tué avec tous les autres, vivait sans crainte»; et, après avoir
quitté la Judée pour dire quelques mots de ce qui se passait en
Grèce au même moment, il y revient en ces termes : «Rien ne
remuait en Judée contre Athalie : elle se croyait affermie par un
règne de six ans.» Pour Racine, se conformer à la logique des
historiens qui négligeaient l'usurpatrice assoupie dans son
crime pour ne s'intéresser qu'à l'entreprise du grand prêtre et
des soldats de Dieu couronnant l'enfant-roi dans le temple,
c'était laisser en friche les virtualités tragiques de cette terrible
histoire. Il s'agissait donc de créer une structure d'affronte-
ment direct entre la grand-mère usurpatrice et le petit-fils roi.
Ce qui ne pouvait passer que par le renversement de la pers-
pective offerte par les sources bibliques et historiques : il fallait
donner toute l'initiative de l'action à Athalie, afin de créer
une situation dans laquelle la vieille reine a en apparence tout
pouvoir de faire périr l'enfant, et exerce une menace perma-
nente sur sa vie (directement ou à travers les agissements de
son âme damnée, Mathan).

De ce renversement narratif exigé par la recherche des émo-
tions tragiques, le rôle de Josabet est le témoin : directement
confrontée à Athalie (II, 7) puis à Mathan (III, 4), elle mani-
feste une inquiétude, exprimée dès son entrée en scène (I, 2),
qui grandit à mesure que l'action progresse et qui marque
l'avancée de l'apparent succès des entreprises d'Athalie et de
Mathan, même si cette avancée semble pouvoir être parée par
la tranquille confiance en Dieu du grand prêtre Joad, son
époux. Josabet est l'incarnation scénique du crescendo des
émotions tragiques que doivent ressentir les spectateurs face
aux entreprises des ennemis de Dieu, comme le confirment
l'étonnement de l'enfant-roi lorsqu'elle lui essaie le diadème :
«Princesse, vous pleurez! Quelle pitié vous touche?» (IV, 1;
v. 1258), les mots de désespoir qu'elle lui adresse à la nouvelle

que le temple est cerné par les troupes d'Athalie (IV, 5; v. 1431-1433), et encore à l'acte V la tranquille ironie de Joad devant son effroi au moment où s'ouvre la porte de temple (« Vous changez de couleur, Princesse ? », V, 4; v. 1701).

Mais un tel renversement n'allait pas de soi puisqu'il entrait en contradiction avec la donnée essentielle de cette histoire. Car la contrepartie du sujet d'Athalie, tel que le définit Racine dans sa Préface — « Joas reconnu et mis sur le Trône » —, c'est qu'il implique que jusqu'à cette reconnaissance et ce couronnement Joas demeure parfaitement caché, et d'abord caché aux yeux de la criminelle Athalie. Autrement dit, Athalie peut-elle menacer celui dont elle ignore l'existence ? C'est la réponse à cette question qui a suggéré à Racine ses inventions les plus belles, même si elles ont pour fondement des procédés dramatiques éprouvés.

La tragédie de la révélation providentielle passe donc d'abord par une tragédie de l'identité, c'est-à-dire par l'exploitation des ressources dramatiques du tragique de l'identité, qui permettent à ceux qui doivent s'affronter de le faire, mais, si l'on peut dire, en toute ignorance. Si l'Héraclius de Corneille, probablement la meilleure tragédie de l'identité du XVIIᵉ siècle, a pu servir d'incitation, c'est sans doute une formule frappante de Bossuet qui lui a servi de point de départ : « Dieu lui nourrissait un vengeur dans l'asile secret de son temple. » Car c'est dès le commencement de la pièce qu'il a transfiguré cette formule en deux vers magnifiques prêtés au pur et ignorant général Abner : « Comme si dans le fond de ce vaste édifice / Dieu cachait un Vengeur armé pour son supplice » (I, 1; v. 55-56). En interprétant ainsi l'attitude menaçante de la reine envers le temple et les prêtres juifs, Abner ne croyait pas si bien dire; il ignorait qu'il disait vrai sans le savoir : Athalie, inquiète sans raison, a en fait bien raison d'être inquiète car le sanctuaire cache effectivement un vengeur, dont l'identité n'est connue que du grand prêtre Joad et de sa femme Josabet. Et comme nous l'apprenons dès la scène suivante, le principal intéressé, l'enfant-roi, ignore lui-même et sa véritable identité et sa mission restauratrice et vengeresse. Ainsi, c'est dès l'ouverture que Racine a mis en place cette dramaturgie de l'identité[1] *corrélative à l'esthétique de la révélation finale, afin de pouvoir rapidement amener le face à face entre l'usurpatrice meurtrière et le vengeur caché, entre la grand-mère infanticide et le petit-fils qu'elle croit avoir fait mourir; un extraordinaire face à face dont les potentialités tragiques sont à la mesure du terrible secret qu'ils ignorent l'un et l'autre.*

C'est dans ce cadre que s'inscrit la magnifique invention du songe d'Athalie. Car il ne s'agit pas d'un simple songe prémonitoire, beau morceau de poésie évocatrice et signe voilé de ce qui va effectivement se dérouler, comme ceux que la tragédie du XVIIᵉ siècle a si souvent présentés (voir par exemple le célèbre songe de Pauline dans le Polyeucte *de Corneille). Ce songe possède une fonction dramatique directe : mettre en place les conditions de la rencontre entre Athalie et Joas. Car il était hors de question que Racine permît à Athalie d'être frappée par la vue de l'enfant parce qu'elle aurait comme senti une ressemblance avec son propre fils, le roi Ochosias, père de Joas : ce n'est qu'au dénouement, les yeux enfin dessillés, qu'elle pourra dire, «Je vois d'Ochosias et le port, et le geste». Le songe sert donc à égarer l'esprit de la reine et à lui présenter celui qu'elle devra ensuite reconnaître non point comme son propre petit-fils, qui doit rester caché en tant que tel, mais comme l'enfant qu'elle a vu en rêve lui plonger un couteau dans le sein.*

C'est alors que la scène de la rencontre peut se déployer avec toute cette tension dramatique et cette ambiguïté qui en fait la

---

1. C'est ce qui explique qu'au dénouement, comme dans toutes les pièces impliquant un mystère d'identité et une reconnaissance, Racine ait insisté sur le *signe* qui assure auprès d'Athalie l'identité de Joas : car la marque portée par le poignard au cou de l'enfant est une pure invention, les textes bibliques ne disant pas que Joas eût été blessé lorsque Josabet l'a emporté : c'est un signe de reconnaissance pour Athalie à l'acte V («De ton poignard connais du moins ces marques.» // «Je reconnais l'endroit où je le fis frapper»).

beauté. Tension dramatique extrême parce que le spectateur, dédoublé sur la scène par une Josabet terrifiée, redoute qu'à tout moment la terrible reine n'entrevoie un secret qui coûterait sa vie à l'enfant. Ambiguïté parce que Racine a exploité tous les éléments liés à la dramaturgie de l'identité. Traditionnellement au théâtre le jeu du masque et du visage, lorsqu'il met aux prises deux personnes d'une même famille, provoque chez celle qui est la victime de la dissimulation d'identité une émotion inexplicable qui l'attire vers l'autre sans qu'elle en comprenne la raison. C'est cet appel inconscient de la nature qui explique qu'Athalie se trouble lorsque Joas a commencé à répondre à ses questions ; et de manière admirable, Racine a empêché la reine de pouvoir mettre un nom sur le sentiment qu'elle éprouve : elle pense qu'il ne peut s'agir que d'un mouvement de pitié, ce qui accroît son trouble, puisque c'est un sentiment qu'elle ne connaît pas (« Je serais sensible à la pitié ? », v. 654). Le trouble permis par l'appel du sang mis en place, la scène atteint son point culminant lorsque Racine développe un autre effet traditionnellement lié à la dramaturgie de l'identité, l'ironie involontaire : non contente de proposer à l'enfant de venir vivre auprès d'elle dans son palais, Athalie affirme qu'elle le traitera comme s'il était son fils (v. 698). Ironie, en effet : celui qu'elle veut traiter comme son fils *est en fait son (petit-)fils sans qu'elle le sache ; et en même temps il est ce petit-fils qu'elle a fait autrefois poignarder et qui va tirer d'elle sa vengeance (à travers le bras armé de Joad et des lévites), comme le lui a annoncé son rêve sans qu'elle le comprenne.*

Ainsi, parce que Joas est dissimulé sous le nom d'Éliacin, Athalie a vu celui qu'elle ne devait pas voir sans le reconnaître et a entrevu une vérité qu'elle devait ignorer sans la comprendre. Cette dialectique liée à la dramaturgie de l'identité, Racine l'a étendue à Mathan qui, acharné à obtenir d'Athalie la destruction du temple et la perte du grand prêtre, cherche à se servir de l'enfant pour parvenir à ses fins. Dès avant sa ren-

*contre avec Joas, il cherchait à convaincre Athalie que l'enfant
était plus que ce qu'il paraissait : «Et qui sait si Joad ne veut
point en leur place [des rois de Juda] / Substituer l'Enfant
dont le Ciel vous menace» (II, 6; v. 607-608). Or, en croyant
prêcher le faux, il disait le vrai sans le savoir. Jeu ironique qui
se poursuit à l'acte suivant, lorsque Mathan raconte à son
confident qu'il a fait croire à Athalie que l'enfant semble avoir
une longue suite d'aïeux et que Joad «le fait attendre aux
Juifs comme un autre Moïse» (III, 3; v. 891), puis lorsqu'il
prétend devant Josabet que le bruit des illustres origines de l'enfant s'est répandu et «Qu'à quelque grand projet [son] Époux
le destine» (III, 4; v. 1000). Ce qui frappe ici, par comparai-
son avec tant d'autres pièces du XVIIe siècle qui jouent avec
l'ironie permise par les mystères d'identité, c'est que Racine lui
confère une fonction véritablement dramatique : en faisant
inventer par Mathan un mensonge qui se trouve être la vérité,
il donne une réalité précise au péril qui menace l'enfant et
dont il n'est plus seulement la victime indirecte.*

*Jusqu'alors porteur de menaces, le jeu ironique permis par
l'ambiguïté de l'être et du paraître se renverse à l'acte V pour se
hisser au statut d'une «sainte équivoque» formulée par le
grand prêtre pour attirer Athalie dans son piège. Les deux
mensonges forgés par Mathan pour obtenir d'Athalie l'attaque
du sanctuaire — le trésor de David conservé dans le temple,
l'enfant qui cache une haute naissance — deviennent les deux
conditions à l'ultimatum posé par l'usurpatrice. Or ils se trou-
vent recouvrir une seule et même vérité : pour tout trésor le
temple ne recèle que l'enfant royal issu de la lignée de David,
comme le déclarera Joad en dévoilant à Athalie l'identité de
l'enfant («Des trésors de David voilà ce qui me reste»,
v. 1727). Aussi Racine a-t-il pu faire faire par le grand prêtre,
étranger par définition à tout mensonge, un aveu parfaitement ironique, au sens linguistique du terme, c'est-à-dire
rigoureusement à double entente :*

Il est vrai de David un trésor est resté.
La garde en fut commise à ma fidélité.
C'était des tristes Juifs l'espérance dernière,
Que mes soins vigilants cachaient à la lumière.

(v. 1649-1652)

Dire une vérité qui doit être comprise comme une autre vérité. Était-ce audacieux de faire reposer le dénouement d'une pièce sainte sur un jeu verbal aussi étroitement lié à la tradition dramatique ? Non point, dans la mesure où ce jeu verbal était la condition nécessaire à la réalisation du sublime.

LE DÉNOUEMENT : SUBLIME DRAMATIQUE ET SUBLIME BIBLIQUE

Dans la Bible, la mort d'Athalie était présentée comme une simple étape dans l'apothéose que constitue le couronnement de Joas dans le cadre du rétablissement de l'alliance entre Dieu et son peuple : la reine se mêlait simplement à la foule qui se précipitait vers le temple après le couronnement de Joas, et elle se bornait à s'écrier à sa vue « Trahison ! trahison ! » en déchirant ses vêtements. Du coup, les précautions prises par le grand prêtre Joad, divisant ses troupes de lévites en trois corps d'armée, leur distribuant des armes, et leur ordonnant de tuer quiconque tenterait de pénétrer dans le temple, étaient dénuées d'effets dramatiques. Déjà l'historien juif Flavius Josèphe s'était montré soucieux de reconstituer un enchaînement cohérent des événements : dans ses Antiquités judaïques, *c'est avec tous ses soldats qu'Athalie court vers le temple, et tandis que les lévites, conformément au plan d'action de Joad, empêchent la plupart d'entre eux de pénétrer avec elle dans l'enceinte sacrée, elle ne se contente pas de crier et de déchirer ses habits : elle commande à ceux qui la suivent de tuer celui qui tente de la renverser ; et c'est alors seulement que Joad ordonne à ses hommes de s'emparer d'elle et de la faire mourir hors du temple. Le dénouement du récit dans les* Antiquités judaïques *contenait ainsi l'esquisse de ce renversement des actions qui était considéré depuis Aristote comme le meilleur type d'action tragique possible : celui qui veut faire mourir meurt tandis que l'autre est sauvé. C'est à développer cette esquisse que Racine s'est employé : pour que ce retournement ait un sens et produise l'effet de surprise émerveillée — de sublime — qu'on attend de lui, il était indispensable de donner à Athalie les moyens de faire périr effectivement celui qui doit être sauvé.*

Cette transformation de la naïve course d'une usurpatrice éperdue vers le temple en un piège révélant que toute l'initiative qui lui a été prêtée depuis le début n'était qu'illusion nous confirme que Racine a construit son intrigue dans la perspective de ce retournement final. Car aux yeux de toute la poétique classique un dénouement qui renverse le cours des actions est encore meilleur lorsqu'il s'accompagne d'une reconnaissance d'identité. Autrement dit, Racine a fait en sorte qu'Athalie pénètre dans le temple sans savoir que l'enfant qu'elle réclame vient d'être secrètement couronné roi et qu'il est son petit-fils, de façon à créer un double coup de théâtre : celui de l'inversion des actions et celui de la révélation de ce qui était caché. Athalie se retrouve ainsi prise par celui qu'elle croyait prendre, tout en découvrant qu'il s'agit de l'héritier du trône qu'elle pensait mort, son propre petit-fils. Ce sublime de la surprise est en outre ici rehaussé par la mise en scène qui le redouble et le prolonge tout à la fois : comme dans les Antiquités judaïques, *Athalie ordonne à ses soldats d'intervenir ; mais ici elle croit pouvoir le faire en toute impunité puisqu'elle n'a en face d'elle que l'enfant, Josabet et Joad, tandis que tous les lévites armés sont cachés. De là cet effet de merveille inscrit dans le spectacle même et que Racine — chose tout à fait exceptionnelle dans son théâtre — décrit dans une didascalie :* Ici le fond du Théâtre s'ouvre. On voit le dedans du Temple, et les Lévites armés sortent de tous côtés sur la Scène.*

Il n'est donc pas exagéré de dire que l'essentiel des modifications apportées par Racine aux données bibliques ont eu pour but de transformer un dénouement attendu en un dénouement sublime, dans lequel la perte d'Athalie est le résultat du dévoilement de ce qui était caché : dévoilement du roi caché — et qui symboliquement lors des scènes décisives est à nouveau caché derrière un rideau pour être brutalement révélé par l'effacement de ce rideau aux yeux d'Athalie —, dévoilement des lévites cachés qui surgissent pour protéger le roi révélé, dévoilement, sur un plan supérieur, du Dieu caché dont Athalie se voit contrainte de reconnaître la victoire. Le jeu de théâtre rejoint ainsi la signification providentielle de l'œuvre entière.

LA TRAGÉDIE ALTERNÉE
OU LA RECHERCHE DU SUBLIME THÉÂTRAL

Pour résumer en une formule ce qui distingue cette pièce des autres grandes tragédies de Racine, réputées plus intimistes, la critique désigne volontiers Athalie *comme un « grand opéra sacré ». Le raccourci est séduisant, puisqu'il permet d'évoquer à la fois l'ampleur et le mouvement de l'action, l'éclat et la pompe du spectacle, la présence du chant et des chœurs, la dimension à la fois épique et religieuse de l'œuvre. Séduisant, mais historiquement impropre. Car c'est précisément une alternative à l'opéra, on peut même dire un anti-opéra, que Racine s'est efforcé de proposer.*

On connaît sa répugnance, ainsi que celle de Boileau et de tous les « Anciens », pour le genre de l'opéra, considéré au contraire par les « Modernes » comme la plus haute forme d'art représentatif, synthèse achevée entre la tragédie, le chant, la musique, la danse, et les merveilles visuelles des décors et des machines. Or l'importance que Racine avait accordée dans Esther *aux parties chantées, le soin avec lequel il s'était atta-*

*ché à en varier les mètres, les éloges décernés au compositeur,
Moreau, tout cela indique qu'il ne manifestait pas de réserve
de principe à l'égard d'une œuvre théâtrale accompagnée de
musique, à condition que cela fût inscrit dans un contexte
bien particulier. Il s'en expliquait dans sa Préface : « Je m'aper-
çus qu'en travaillant sur le plan qu'on m'avait donné, j'exé-
cutais en quelque sorte un dessein qui m'avait souvent passé
par l'esprit, qui était de lier, comme dans les anciennes Tragédies Grecques, le Chœur et le Chant avec l'Action, et d'employer à chanter les louanges du vrai Dieu cette partie du
Chœur que les Païens employaient à chanter les louanges de
leurs fausses Divinités. »*

    *C'est probablement dans les années 1673 et suivantes, que
ce « dessein » lui avait « passé par l'esprit » ; c'est-à-dire au
moment où, à peine né, le triomphe de l'opéra lulliste menaçait
la tragédie parlée dans la faveur du roi et de la cour ainsi que
du public parisien. Des débats eurent lieu, semble-t-il, dans
toute l'Europe : depuis son exil hollandais Saint-Évremond
s'en était fait l'écho dans une lettre où il assurait qu'en mettant de la musique de Lully dans les entractes d'Iphigénie et
de Suréna on ferait passer le goût de l'opéra[1]. Racine n'avait
donc pas été le seul à avoir eu cette idée quinze ans plus tôt,
Saint-Évremond précisant ainsi sa pensée : « il faudrait que
les paroles de la Musique fussent des réflexions sur ce qu'on
aurait vu, et comme l'expression de l'esprit de chaque acte : ce
qui aurait du rapport aux chœurs des Grecs ». Enjeu d'autant
plus important que les opéras français étaient simplement
dénommés tragédies (pas même « tragédies en musique » pour
les deux premiers), et que le genre était présenté par ses partisans comme le véritable héritier de la tragédie grecque. Mais, à
l'époque, la réalisation de l'idée qu'avaient eue Saint-Évre-*

---

1. Lettre à Anne Hervart, du 4 février [1675], dans *Lettres*, éd. R. Ter-
nois, Paris, S.T.F.M., 1967, t. I, p. 219. À cette date, *Iphigénie* et *Suréna* sont
les deux plus récentes tragédies de Racine et de Corneille, toutes deux
créées en 1674 et publiées au début de 1675.

mond et Racine se heurtait en France à un obstacle matériel difficilement surmontable : l'exorbitant monopole de la
musique théâtrale que s'était fait octroyer Lully en 1672 interdisait toute velléité de créer une autre forme de tragédie musicale, fût-elle seulement à intermèdes musicaux.

Les jolies voix des demoiselles de Saint-Cyr, qui ont conduit
Mme de Maintenon à demander à Racine un « poème » où
alterneraient la déclamation et le chant, ont ainsi permis
la réalisation de ce rêve ancien que partageaient tous les
défenseurs de la « tragédie authentique ». Réalisation, notons-
le bien, qui a pris la forme d'une vraie tragédie alternée et
non point d'une tragédie à intermèdes dans laquelle les chants
du chœur auraient été simplement jetés dans les entractes.
Car Racine a pris un soin particulier à relier les jeunes filles
du chœur à l'action qu'elles ponctuent de leur chant : en
témoigne, dans Esther, le personnage d'Élise, inventé pour la
circonstance, qui joue à la fois le rôle d'une confidente d'Esther
et celui d'une introductrice et porte-parole du chœur dont
elle assure la vraisemblance des entrées et des sorties — Élise
qui préfigure Salomith, explicitement présentée par Racine
dans la Préface d'Athalie comme l'équivalent du coryphée
antique.

Athalie réalise ainsi la perfection de la forme de la tragédie alternée vers laquelle Esther avait brillamment ouvert
la voie. Désormais les chants du chœur ne précèdent plus les
entractes : ils se substituent à eux, assurant une totale continuité de la représentation, puisque, comme le souligne Racine
dans sa Préface, la scène ne demeure jamais vide. Or à cette
continuité de la représentation s'accorde sans heurt la continuité de la temporalité de l'action représentée. Ce qui se passe
hors de la vue des spectateurs durant le temps que le chœur
chante sur la scène ses craintes ou sa foi en la Providence
divine est censé occuper le même nombre de minutes que le
chant : l'action dramatique peut s'effacer un moment, elle
n'est ni suspendue, ni encore moins accélérée dans l'intervalle ;

elle ne s'efface aux yeux que pour continuer à courir au même rythme. Du coup, c'est le vieux rêve de tous les théoriciens du théâtre classique qui se trouve ici réalisé, celui d'une coïncidence absolue du temps de l'action et du temps de la représentation, dans laquelle seule peut se réaliser la perfection de « l'illusion mimétique » vers quoi tend tout le théâtre classique : empêcher le spectateur de se souvenir qu'il est au théâtre, lui donner l'illusion qu'il est le témoin d'une action véritable, idéal esthétique particulièrement approprié à une œuvre qui raconte la seule histoire véritable, celle qui est dictée par Dieu.

Ainsi, sans le vouloir, Mme de Maintenon avait offert à Racine l'occasion d'inventer avec Esther et de porter à sa perfection avec Athalie ce qui a pu lui paraître la forme idéale de tragédie, une tragédie où alternent harmonieusement le dramatique et le lyrique, les émotions propres au tragique et l'émotion due aux cantiques, le déclamé et le chanté, l'alexandrin régulier et le vers alterné, bref une forme supérieure d'émotion théâtrale, et, en même temps, une vraie filiation avec la tragédie antique dont les partisans de la tragédie lyrique avaient osé se prétendre les seuls véritables héritiers. Bref, Mme de Maintenon avait fourni à la tragédie les armes de la reconquête face à l'opéra. On comprend que Racine — qui désormais, comme tous les chrétiens rigoristes, souhaitait la disparition des théâtres publics — n'ait pas hésité très longtemps pour obéir au Roi qui, au lendemain d'Esther, lui avait demandé de réitérer, et qu'il se soit lancé avec le sujet d'Athalie dans une entreprise plus ambitieuse. Il s'était persuadé, semble-t-il, qu'une nouvelle voie s'ouvrait, celle du théâtre dévot en musique : il paraissait possible de faire œuvre pie avec le théâtre hors du cadre du théâtre traditionnel et de séduire ainsi les amateurs des beautés profanes de l'opéra grâce à cet objet nouveau conçu comme un anti-opéra en forme de tragédie alternée. Mais comme il fallait s'appeler Molière pour faire réussir la comédie alternée — la forme de la comédie-bal-

*let ne lui survécut pas —, il fallait être Racine pour parfaire
la forme de la tragédie alternée, qui, après la magnifique réus-
site d'*Athalie, *sera elle aussi sans lendemain*[1].

GEORGES FORESTIER

1. Pour une étude à la fois historique, dramatique et musicologique
des réalisations théâtrales destinées à Saint-Cyr, on se reportera à l'ouvrage d'Anne Piéjus, *Le Théâtre des demoiselles. Tragédie et musique à Saint-
Cyr à la fin du Grand Siècle*, Société française de musicologie/Klincksieck,
2000.

Athalie

TRAGÉDIE
TIRÉE DE L'ÉCRITURE SAINTE

PRÉFACE

Tout le monde sait que le Royaume de Juda était composé des deux Tribus de Juda et de Benjamin, et que les dix autres Tribus qui se révoltèrent contre Roboam, composaient le Royaume d'Israël[1]. Comme les Rois de Juda étaient de la Maison de David, et qu'ils avaient dans leur partage la Ville et le Temple de Jérusalem, tout ce qu'il y avait de Prêtres et de Lévites se retirèrent auprès d'eux, et leur demeurèrent toujours attachés. Car depuis que le Temple de Salomon fut bâti,

---

1. La division du royaume d'Israël après la mort de Salomon et l'avènement de son fils Roboam est racontée aussi bien au *Premier Livre des Rois* (XII, 1-20) que, en termes très voisins, au *Second Livre des Chroniques* (X).

Dans la suite de notre annotation, nous utiliserons les abréviations usuelles suivantes : pour les deux *Livres de Samuel*, respectivement *I Samuel* et *II Samuel*; pour les deux *Livres des Rois*, respectivement *I Rois* et *II Rois*; pour les deux *Livres des Chroniques* (ou *Paralipomènes*), respectivement *I Chr.* et *II Chr.*

Dans la plupart des traductions de la Bible que nous proposerons en regard des vers de Racine, nous utiliserons les traductions de la *Vulgate* par Louis-Isaac Lemaître de Sacy que Racine avait sous les yeux (du moins pour les deux *Livres des Rois*, publiés, posthumes, en 1686, car les *Chroniques* ou *Paralipomènes* ont été publiées seulement en 1693). Cette traduction Sacy est disponible dans l'éd. de Philippe Sellier, Laffont (coll. «Bouquins»), 1990. Nous le préciserons dans tous les cas à l'aide de la mention : trad. Sacy.

il n'était plus permis de sacrifier ailleurs, et tous ces autres Autels qu'on élevait à Dieu sur des montagnes, appelés par cette raison dans l'Écriture les hauts Lieux, ne lui étaient point agréables. Ainsi le culte légitime ne subsistait plus que dans Juda. Les dix Tribus, excepté un très petit nombre de personnes, étaient ou Idolâtres ou Schismatiques.

Au reste ces Prêtres et ces Lévites faisaient eux-mêmes une Tribu fort nombreuse. Ils furent partagés en diverses Classes pour servir tour à tour dans le Temple, d'un jour de Sabbat à l'autre. Les Prêtres étaient de la Famille d'Aaron, et il n'y avait que ceux de cette Famille, lesquels pussent exercer la Sacrificature. Les Lévites leur étaient subordonnés, et avaient soin entre autres choses du chant, de la préparation des victimes, et de la garde du Temple. Ce nom de Lévite ne laisse pas d'être donné quelquefois indifféremment à tous ceux de la Tribu. Ceux qui étaient en semaine avaient, ainsi que le grand Prêtre, leur logement dans les portiques ou galeries, dont le Temple était environné, et qui faisaient partie du Temple même. Tout l'édifice s'appelait en général le Lieu saint. Mais on appelait plus particulièrement de ce nom cette partie du Temple intérieur où était le Chandelier d'or, l'Autel des parfums, et les Tables des pains de proposition[1]. Et cette partie était encore distinguée du Saint des Saints, où était l'Arche, et où le grand Prêtre seul avait droit d'entrer une fois l'année[2]. C'était une Tradition assez constante que la Montagne sur laquelle le Temple fut

---

1. Pour tous ces objets saints, voir *Exode*, XXXV-XXXVII et XL, ainsi que *Lévitique*, XXIV, 1-9.
2. Le jour de la propitiation (voir *Exode*, XXX, 10, et *Lévitique*, XVI). L'arche est le coffre (en bois de sétim recouvert d'or) dans lequel étaient enfermées les tables de la loi (deux pierres sur lesquelles étaient gravés les commandements de Dieu).

bâti, était la même Montagne, où Abraham avait autrefois offert en sacrifice son fils Isaac[1].

J'ai cru devoir expliquer ici ces particularités, afin que ceux à qui l'Histoire de l'ancien Testament ne sera pas assez présente, n'en soient point arrêtés en lisant cette Tragédie. Elle a pour sujet, Joas reconnu et mis sur le Trône ; et j'aurais dû dans les règles l'intituler Joas. Mais la plupart du monde n'en ayant entendu parler que sous le nom d'Athalie, je n'ai pas jugé à propos de la leur présenter sous un autre titre, puisque d'ailleurs Athalie y joue un personnage si considérable, et que c'est sa mort qui termine la Pièce. Voici une partie des principaux événements qui devancèrent cette grande action[2].

Joram Roi de Juda, fils de Josaphat, et le septième Roi de la race de David, épousa Athalie fille d'Achab et de Jézabel, qui régnaient en Israël, fameux l'un et l'autre, mais principalement Jézabel, par leurs sanglantes persécutions contre les Prophètes. Athalie, non moins impie que sa Mère, entraîna bientôt le Roi son Mari dans l'Idolâtrie, et fit même construire dans Jérusalem un Temple à Baal[3], qui était le Dieu du pays de Tyr et de Sidon, où Jézabel avait pris naissance. Joram, après avoir vu périr par les mains des Arabes et des Philistins tous les Princes ses Enfants à la réserve d'Ochosias, mourut lui-même misérablement d'une longue

---

1. Cette tradition — que Racine fait rappeler par Joad comme une chose certaine (IV, 5 ; v. 1438-1444) — a été rapportée dans le livre du théologien anglais John Lightfoot (*Opera omnia*, Rotterdam, 1686, I, p. 74) que Racine possédait dans sa bibliothèque.
2. Ces « événements » sont relatés dans les deux *Livres des Rois* (*I Rois*, à partir de XVI, 29 et *II Rois* à partir de III) et dans le *Second Livre des Chroniques* (*II Chr.*, à partir de XXI).
3. Cette précision sur la construction du temple est due à Flavius Josèphe (*Antiquités judaïques*, IX, VII, 4). La Bible (*II Rois*, VIII, 18, repris par *II Chr.*, XXI, 6) se contentait de noter que le roi Joram, pourtant fils du pieux Josaphat, se convertit à Baal en épousant Athalie.

maladie qui lui consuma les entrailles. Sa mort funeste n'empêcha pas Ochosias d'imiter son impiété et celle d'Athalie sa mère. Mais ce Prince, après avoir régné seulement un an, étant allé rendre visite au Roi d'Israël frère d'Athalie, fut enveloppé dans la ruine de la Maison d'Achab, et tué par l'ordre de Jéhu, que Dieu avait fait sacrer par ses Prophètes, pour régner sur Israël, et pour être le Ministre de ses vengeances. Jéhu extermina toute la postérité d'Achab, et fit jeter par les fenêtres Jézabel, qui selon la prédiction d'Élie, fut mangée des chiens dans la vigne de ce même Naboth, qu'elle avait fait mourir autrefois pour s'emparer de son héritage. Athalie ayant appris à Jérusalem tous ces massacres, entreprit de son côté d'éteindre entièrement la Race royale de David, en faisant mourir tous les Enfants d'Ochosias ses Petits-fils. Mais heureusement Josabet sœur d'Ochosias, et fille de Joram, mais d'une autre mère qu'Athalie, étant arrivée lorsqu'on égorgeait les Princes ses Neveux, elle trouva moyen de dérober du milieu des morts le petit Joas encore à la mamelle, et le confia avec sa Nourrice au grand Prêtre son mari qui les cacha tous deux dans le Temple, où l'Enfant fut élevé secrètement jusqu'au jour qu'il fut proclamé Roi de Juda. L'*Histoire des Rois* dit que ce fut la septième année d'après[1]. Mais le Texte grec des *Paralipomènes* que Sévère Sulpice[2] a suivi, dit que ce fut la huitième[3]. C'est ce qui m'a autorisé à donner à ce Prince neuf à dix ans, pour le mettre déjà en état de répondre aux questions qu'on lui fait.

Je crois ne lui avoir rien fait dire, qui soit au-dessus

---

1. *II Rois*, XI, 4.
2. Historien ecclésiastique du IVe siècle appelé normalement Sulpice Sévère, auteur de l'*Histoire sacrée.*
3. *Paralipomènes* est le nom grec des deux *Livres des Chroniques.* Le texte hébreu donne aussi la septième année (*II Chr.*, XXIII, 1).

de la portée d'un enfant de cet âge, qui a de l'esprit et de la mémoire. Mais quand j'aurais été un peu au-delà, il faut considérer que c'est ici un Enfant tout extraordinaire, élevé dans le Temple par un grand Prêtre qui le regardant comme l'unique espérance de sa Nation, l'avait instruit de bonne heure dans tous les devoirs de la Religion et de la Royauté. Il n'en était pas de même des Enfants des Juifs, que de la plupart des nôtres. On leur apprenait les saintes Lettres non seulement dès qu'ils avaient atteint l'usage de la raison, mais pour me servir de l'expression de S. Paul, dès la mamelle[1]. Chaque Juif était obligé d'écrire une fois en sa vie de sa propre main le volume de la Loi tout entier[2]. Les Rois étaient même obligés de l'écrire deux fois, et il leur était enjoint de l'avoir continuellement devant les yeux. Je puis dire ici que la France voit en la personne d'un Prince de huit ans et demi, qui fait aujourd'hui ses plus chères délices, un exemple illustre de ce que peut dans un Enfant un heureux naturel aidé d'une excellente éducation[3] : et que si j'avais donné au petit Joas la même vivacité et le même discernement qui brillent[4] dans les reparties de ce jeune Prince, on m'aurait accusé avec raison d'avoir péché contre les règles de la vraisemblance.

L'âge de Zacharie fils du grand Prêtre n'étant point marqué, on peut lui supposer si l'on veut deux ou trois ans de plus qu'à Joas.

---

1. *Seconde Épître de Paul à Timothée*, III, 15 : « Et parce que tu as su dès la mamelle les saintes lettres [...] ». Les saintes lettres, c'est-à-dire l'écriture sainte, la Bible.
2. C'est-à-dire le Pentateuque (ou recueil des cinq livres de Moïse contenant la *Genèse*, l'*Exode*, le *Lévitique*, les *Nombres*, le *Deutéronome*).
3. Le duc de Bourgogne, petit-fils de Louis XIV, né le 6 août 1682. Son « excellente éducation » était assurée par Fénelon, le duc de Beauvilliers, l'abbé de Beaumont et l'abbé Fleury.
4. Var   brille

J'ai suivi l'explication de plusieurs Commentateurs fort habiles, qui prouvent par le Texte même de l'Écriture, que tous ces soldats à qui Joïada, ou Joad, comme il est appelé dans Josèphe, fit prendre les armes consacrées à Dieu par David, étaient autant de Prêtres et de Lévites, aussi bien que les cinq Centeniers[1] qui les commandaient. En effet, disent ces Interprètes, tout devait être saint dans une si sainte action, et aucun Profane n'y devait être employé. Il s'y agissait non seulement de conserver le sceptre dans la maison de David, mais encore de conserver à ce grand Roi cette suite de Descendants dont devait naître le Messie. *Car ce Messie tant de fois promis comme Fils d'Abraham, devait aussi être Fils de David et de tous les Rois de Juda*[2]. De là vient que *l'illustre et savant Prélat, de qui j'ai emprunté ces paroles, appelle Joas le précieux reste de la maison de David. Josèphe en parle dans les mêmes termes. Et l'Écriture dit expressément, que Dieu n'extermina pas toute la famille de Joram, voulant conserver à David la Lampe qu'il lui avait promise[3]. Or cette Lampe qu'était-ce autre chose que la lumière qui devait être un jour révélée aux Nations ?

L'Histoire ne spécifie point le jour où Joas fut pro-

---

* *M. de Meaux.*

1. Les chefs de centaines. Le récit de Flavius Josèphe distingue au contraire les soldats commandés par les centeniers et restés à l'extérieur du temple, et les prêtres et les lévites en armes à l'intérieur : il précise que Joad distribua les armes de David et aux uns et aux autres.

2. Citation du *Discours sur l'Histoire universelle* (1681) de Bossuet auquel Racine renvoie à la phrase suivante et qu'il désigne en marge sous le nom de M. de Meaux (Bossuet était évêque de Meaux). Dans le *Discours*, le récit de l'histoire de Joas et Athalie se trouve à la Première partie, Sixième époque (dans *Œuvres*, éd. abbé Velat et Y. Champailler, Pléiade, 1961, p. 682).

3. « Mais le Seigneur ne voulut pas perdre entièrement Juda, à cause de David son serviteur, selon la promesse qu'il lui avait faite, de lui conserver toujours une lampe luisante dans la suite de ses descendants » (*II Rois*, VIII, 19 ; trad. Sacy).

clamé. Quelques Interprètes veulent que ce fût un jour de Fête. J'ai choisi celle de la Pentecôte, qui était l'une des trois grandes Fêtes des Juifs[1]. On y célébrait la mémoire de la publication de la Loi sur le mont de Sinaï, et on y offrait aussi à Dieu les premiers pains de la nouvelle moisson ; ce qui faisait qu'on la nommait encore la Fête des Prémices. J'ai songé que ces circonstances me fourniraient quelque variété pour les chants du Chœur.

Ce Chœur est composé de jeunes Filles de la Tribu de Lévi, et je mets à leur tête une Fille, que je donne pour sœur à Zacharie. C'est elle qui introduit le Chœur chez sa Mère : Elle chante avec lui, porte la parole pour lui, et fait enfin les fonctions de ce Personnage des anciens Chœurs qu'on appelait le Coryphée. J'ai aussi essayé d'imiter des Anciens cette continuité d'Action, qui fait que leur Théâtre ne demeure jamais vide ; les intervalles des Actes n'étant marqués que par des hymnes et par des moralités du Chœur, qui ont rapport à ce qui se passe.

On me trouvera peut-être un peu hardi d'avoir osé mettre sur la Scène un Prophète inspiré de Dieu, et qui prédit l'avenir[2]. Mais j'ai eu la précaution de ne mettre dans sa bouche que des expressions tirées des Prophètes mêmes. Quoique l'Écriture ne dise pas en termes exprès que Joïada ait eu l'esprit de prophétie, comme elle le dit de son Fils[3], elle le représente comme un homme tout plein de l'Esprit de Dieu. Et d'ailleurs ne paraît-il pas par l'Évangile qu'il a pu prophétiser en

1. Les deux autres fêtes sont la Pâque (fête des Azymes), et la Souccoth (fête des Tabernacles) : voir *Deutéronome*, XVI. La Pentecôte est aussi appelée fête des Semaines.
2. Allusion à la prophétie de Joad qui couronne le troisième acte (III, 7 ; v. 1129-1174).
3. *II Chr.*, XXIV, 20.

qualité de souverain Pontife[1] ? Je suppose donc qu'il voit en esprit le funeste changement de Joas, qui après trente années d'un règne fort pieux, s'abandonna aux mauvais conseils des Flatteurs, et se souilla du meurtre de Zacharie fils et successeur de ce grand Prêtre[2]. Ce meurtre commis dans le Temple fut une des principales causes de la colère de Dieu contre les Juifs, et de tous les malheurs qui leur arrivèrent dans la suite. On prétend même que depuis ce jour-là les réponses de Dieu cessèrent entièrement dans le Sanctuaire. C'est ce qui m'a donné lieu de faire prédire tout de suite à Joad et la destruction du Temple et la ruine de Jérusalem. Mais comme les Prophètes joignent d'ordinaire les consolations aux menaces, et que d'ailleurs il s'agit de mettre sur le trône un des Ancêtres du Messie, j'ai pris occasion de faire entrevoir la venue de ce Consolateur, après lequel tous les anciens Justes soupiraient. Cette Scène, qui est une espèce d'Épisode[3], amène très naturellement la Musique, par la coutume qu'avaient plusieurs Prophètes d'entrer dans leurs saints transports au son des instruments. Témoin cette troupe de Prophètes, qui vinrent au-devant de Saül avec des harpes et des lyres, qu'on portait devant eux[4], et témoin Élisée lui-même, qui étant consulté sur l'avenir par le Roi de Juda et par le Roi d'Israël, dit comme fait ici Joad, *Adducite mihi Psaltem*[5]. Ajoutez à cela que cette Prophétie sert beaucoup à augmenter le trouble dans la Pièce, par la consternation et par les différents mouvements où elle jette le Chœur et les principaux Acteurs.

1. Voir *Évangile selon saint Jean*, XI, 51 (à propos du pontife Caïphe).
2. Événements racontés en *II Chr.*, XXIV, 17-22.
3. Au sens d'événement qui n'est pas étroitement relié au sujet.
4. Voir *I Samuel*, X, 5.
5. « Faites-moi venir un joueur de harpe » (*II Rois*, III, 15).

LES NOMS DES PERSONNAGES

JOAS, *Roi de Juda, fils d'Ochosias.*

ATHALIE, *Veuve de Joram, Aïeule de Joas.*

JOAD, *autrement* JOÏADA, *Grand Prêtre.*

JOSABET, *Tante de Joas, Femme du Grand Prêtre.*

ZACHARIE, *fils de Joad et de Josabet.*

SALOMITH, *Sœur de Zacharie*[1].

ABNER, *l'un des principaux Officiers des Rois de Juda*[2].

{ AZARIAS,

ISMAËL,

ET LES TROIS AUTRES CHEFS *des Prêtres et des Lévites.*

MATHAN, *Prêtre Apostat, Sacrificateur de Baal*[3].

NABAL, *Confident de Mathan.*

AGAR, *Femme de la suite d'Athalie.*

TROUPE DE PRÊTRES ET DE LÉVITES.

SUITE D'ATHALIE.

LA NOURRICE *de Joas.*

CHŒUR *de jeunes Filles de la Tribu de Lévi.*

La Scène est dans le Temple de Jérusalem,
dans un Vestibule de l'appartement du Grand Prêtre.

---

1. Ce personnage a été inventé par Racine à partir d'un nom biblique (voir sa Préface).

2. Même remarque, mais Racine s'est abstenu d'en parler dans sa préface.

3. Ni *II Rois* (XI, 18), ni *II Chr.* (XXIII, 17), ni Flavius Josèphe (*Antiquités judaïques*, IX, VII, 4) ne parlent de Mathan comme d'un prêtre juif qui aurait embrassé une autre religion («apostat») : il est simplement désigné comme «prêtre de Baal». Racine peut ainsi imaginer une ancienne rivalité avec le Grand Prêtre Joad et lui prêter une rancune personnelle (voir les v. 927-954).

ATHALIE

ACTE PREMIER

SCÈNE PREMIÈRE

JOAD, ABNER

ABNER

Oui, je viens dans son Temple adorer l'Éternel.
Je viens, selon l'usage antique et solennel[1],
Célébrer avec vous la fameuse journée,
Où sur le mont Sina la Loi nous fut donnée[2].
Que les temps sont changés ! Sitôt que de ce jour   5
La trompette sacrée annonçait le retour[3],
Du Temple orné partout de festons magnifiques,
Le peuple saint[4] en foule inondait les portiques ;
Et tous devant l'Autel avec ordre introduits,
De leur champ[5] dans leurs mains portant les nouveaux   10
                                          [fruits,

---

1. Au sens étymologique : qui a lieu une seule fois par an (*solemnis*).
2. C'est le jour de la Pentecôte, comme l'explique Racine dans sa Préface.
3. Voir *Nombres*, X, 10 : « Dans vos fêtes […], vous sonnerez de la trompette. »
4. C'est-à-dire le peuple hébreu.
5. Var   De leurs champs

1697

beginnings

Au Dieu de l'Univers consacraient ces prémices[1].
Les Prêtres ne pouvaient suffire aux sacrifices.
L'audace d'une Femme arrêtant ce concours[2]
En des jours ténébreux a changé ces beaux jours.
15 D'Adorateurs zélés à peine un petit nombre
Ose des premiers temps nous retracer quelque ombre[3].
Le reste pour son Dieu montre un oubli fatal,
Ou même s'empressant aux autels de Baal[4],
Se fait initier[5] à ses honteux mystères,
20 Et blasphème le nom qu'ont invoqué leurs pères.
Je tremble, qu'Athalie, à ne vous rien cacher,
Vous-même de l'Autel vous faisant arracher,
N'achève enfin sur vous ses vengeances funestes,
Et d'un respect forcé ne dépouille les restes[6].

JOAD

25 D'où vous vient aujourd'hui ce noir pressentiment?

ABNER

Pensez-vous être saint et juste impunément?
Dès longtemps[7] elle hait cette fermeté rare
Qui rehausse en Joad l'éclat de la tiare[8].

---

1. Voir la préface de Racine : «on y offrait aussi à Dieu les premiers pains de la nouvelle moisson; ce qui faisait qu'on la nommait encore la Fête des Prémices».
2. *Concours :* rassemblement de peuple.
3. Ose nous rappeler le souvenir presque effacé de ces premiers temps.
4. Voir la préface de Racine : «Baal, qui était le Dieu du pays de Tyr et de Sidon, où Jézabel [mère d'Athalie] avait pris naissance».
5. Le mot compte pour quatre syllabes du fait de la diérèse : initi-er; de même pour impi-été (v. 41), soci-été (v. 446), inqui-éter (v. 487), inqui-étude (v. 896). En revanche Racine ne fait pas la diérèse sur les mots métier, pitié, amitié, inimitié, héritier, entier.
6. Je tremble… qu'elle n'abandonne ce qui lui reste encore de respect (forcé) pour vous.
7. Depuis longtemps.
8. Coiffure portée par le grand prêtre (par le pape dans la religion catholique), différente de la mitre (v. 39).

Dès longtemps votre amour pour la Religion[1]
Est traité de révolte et de sédition.   30
Du mérite éclatant cette Reine jalouse
Hait surtout Josabet votre fidèle épouse.
Si du grand Prêtre Aaron[2] Joad est successeur
De notre dernier Roi Josabet est la sœur.
Mathan d'ailleurs, Mathan ce Prêtre sacrilège   35
Plus méchant qu'Athalie à toute heure l'assiège[3],
Mathan de nos autels infâme déserteur,
Et de toute vertu zélé persécuteur.
C'est peu que le front ceint d'une mitre étrangère
Ce Lévite à Baal prête son ministère[4].   40
Ce Temple l'importune, et son impiété
Voudrait anéantir le Dieu qu'il a quitté.
Pour vous perdre[5], il n'est point de ressorts qu'il ne
                                              [joue.
Quelquefois il vous plaint, souvent même il vous loue[6].
Il affecte pour vous une fausse douceur.   45
Et par là de son fiel colorant la noirceur,
Tantôt à cette Reine il vous peint redoutable.
Tantôt voyant pour l'or sa soif insatiable,
Il lui feint, qu'en un lieu, que vous seul connaissez,
Vous cachez des trésors par David amassés.   50

---

1. Toutes les terminaisons en -ion (à l'exception des verbes à l'impar-
fait ou au conditionnel) se décomposent en deux syllabes (diérèse) : ici
religi-on. Presque seul entre ses confrères, Racine respecte rigoureusement cette règle prosodique.
2. Aaron, frère de Moïse, fut le premier des grands prêtres (le mot
compte pour deux syllabes : «Aron»).
3. Mathan «assiège» Athalie de ses mauvais conseils.
4. C'est peu que Mathan («ce Lévite») exerce sa charge religieuse au
service de Baal (sur ce sens religieux de ministère, voir aussi les v. 547,
1306).
5. Perdre : détruire, obtenir la perte de, faire périr (voir aussi les
v. 1123, 1300, 1696).
6. Var   Pour vous perdre il n'est point de ressorts qu'il n'invente.
          Quelquefois il vous plaint, souvent même il vous vante.
                                                        1692-1697

Enfin depuis deux jours la superbe[1] Athalie
Dans un sombre chagrin paraît ensevelie.
Je l'observais hier, et je voyais ses yeux
Lancer sur le Lieu saint des regards furieux ;
55 Comme si dans le fond de ce vaste édifice
Dieu cachait un Vengeur armé pour son supplice[2].
Croyez-moi, plus j'y pense, et moins je puis douter
Que sur vous son courroux ne soit prêt d'éclater[3],
Et que de Jézabel la fille sanguinaire
60 Ne vienne attaquer Dieu jusqu'en son Sanctuaire.

JOAD

Celui qui met un frein à la fureur des flots
Sait aussi des Méchants arrêter les complots.
Soumis avec respect à sa volonté sainte,
Je crains Dieu, cher Abner, et n'ai point d'autre
[crainte[4].
65 Cependant je rends grâce au zèle officieux[5]
Qui sur tous mes périls vous fait ouvrir les yeux.
Je vois que l'injustice en secret vous irrite,
Que vous avez encor[6] le cœur Israélite.
Le Ciel en soit béni. Mais ce secret courroux,

---

1. Superbe : orgueilleuse (voir aussi les v. 398, 668, 739, 904, 940, 1545).
2. Adaptation d'une phrase du *Discours sur l'Histoire universelle* de Bossuet (I, 6 ; éd. cit., p. 682) : « Dieu lui nourrissait un vengeur dans l'asile secret de son temple. »
3. Racine écrit quelquefois *prêt de* (voir aussi les v. 186 et 1011) là où nous disons *près de* ou *prêt à* (pour *prêt à*, voir les v. 198, 522, 642, 741).
4. Boileau a relevé le caractère *sublime* de ces quatre vers : « [...] La grandeur de la pensée, la noblesse du sentiment, la magnificence des paroles, et l'harmonie de l'expression si heureusement terminée par ce dernier vers. » Et de conclure : « Ces quatre vers valent bien la grandeur romaine que l'on vante chez Corneille aux dépens de Racine » (*Réflexions sur Longin*, XII (1713), dans *Œuvres complètes*, Pléiade, p. 563).
5. Zèle officieux : ardeur dévouée.
6. *Encor* : doublet poétique de *encore*, qui compte pour deux syllabes (*encore* devant une consonne compte pour trois syllabes).

Cette oisive vertu, vous en contentez-vous ?   70
La foi qui n'agit point, est-ce une foi sincère ?
Huit ans déjà passés[1] une impie Étrangère
Du sceptre de David usurpe tous les droits,
Se baigne impunément dans le sang de nos Rois,
Des enfants de son fils détestable homicide,   75
Et même contre Dieu lève son bras perfide.
Et vous, l'un des soutiens de ce tremblant État,
Vous nourri dans les camps du saint Roi Josaphat,
Qui sous son fils Joram commandiez nos armées,
Qui rassurâtes seul nos villes alarmées,   80
Lorsque d'Ochosias le trépas imprévu
Dispersa tout son camp à l'aspect de Jéhu[2] ;
Je crains Dieu, dites-vous, sa vérité me touche.
Voici comme ce Dieu vous répond par ma bouche :
Du zèle de ma loi que sert de vous parer ?   85
Par de stériles vœux pensez-vous m'honorer ?
Quel fruit me revient-il de tous vos sacrifices ?
Ai-je besoin du sang des boucs et des génisses[3] ?
Le sang de vos Rois crie[4], et n'est point écouté.
Rompez, rompez tout pacte avec l'impiété.   90
Du milieu de mon peuple exterminez les crimes,
Et vous viendrez alors m'immoler vos victimes.

---

1. Déjà depuis plus de huit ans...
2. Non seulement Abner est un personnage totalement inventé, mais la Bible ne mentionne pas de chef des armées qui aurait exercé un rôle important à cette époque dans le royaume de Juda.
3. Racine prête à Joad les paroles du prophète Isaïe : « Qu'ai-je affaire de cette multitude de victimes que vous m'offrez ? dit le Seigneur. Tout cela m'est à dégoût. Je n'aime point les holocaustes de vos béliers, ni la graisse de vos troupeaux, ni le sang des veaux, des agneaux et des boucs » (*Isaïe*, I, 11 ; trad. Sacy).
4. Image biblique, reprenant le reproche de Dieu à Caïn après le meurtre d'Abel : « La voix du sang de votre frère crie de la terre jusqu'à moi » (*Genèse*, IV, 10 ; trad. Sacy). Racine avait déjà placé cette image dans la bouche de Phèdre (*Phèdre*, IV, 4 ; v. 1172).

ABNER

Hé que puis-je au milieu de ce peuple abattu ?
Benjamin est sans force, et Juda sans vertu[1].
95 Le jour qui de leurs Rois[2] vit éteindre la race
Éteignit tout le feu de leur antique audace.
– Dieu même, disent-ils, s'est retiré de nous.
De l'honneur des Hébreux autrefois si jaloux,
Il voit sans intérêt leur grandeur terrassée,
100 Et sa miséricorde à la fin s'est lassée.
On ne voit plus pour nous ses redoutables mains
De merveilles sans nombre effrayer les humains.
L'Arche sainte[3] est muette et ne rend plus d'oracles.

JOAD

Et quel temps fut jamais si fertile en miracles ?
105 Quand Dieu par plus d'effets montra-t-il son pouvoir ?
Auras-tu donc toujours des yeux pour ne point voir,
Peuple ingrat ? Quoi toujours les plus grandes
                                          [merveilles
Sans ébranler ton cœur frapperont tes oreilles ?
Faut-il, Abner, faut-il vous rappeler le cours[4]
110 Des prodiges fameux accomplis en nos jours ?
Des Tyrans d'Israël les célèbres disgrâces,
Et Dieu trouvé fidèle en toutes ses menaces ;
L'impie Achab détruit, et de son sang trempé
Le champ que par le meurtre il avait usurpé ;
115 Près de ce champ fatal Jézabel immolée,
Sous les pieds des chevaux cette Reine foulée,
Dans son sang inhumain les chiens désaltérés,

---

1. C'est-à-dire la tribu de Benjamin et la tribu de Juda, les deux tribus qui composaient le royaume de Juda : voir la première phrase de la Préface de Racine. *Vertu* a ici le sens de courage ou d'énergie.
2. Var leur Roi   1697
3. Sur l'arche d'alliance, voir la n. 2, p. 32.
4. Le cours : l'enchaînement, la succession.

Et de son corps hideux les membres déchirés[1];
Des Prophètes menteurs la troupe confondue[2],
Et la flamme du Ciel sur l'autel descendue[3];   120
Élie aux éléments parlant en Souverain,
Les Cieux par lui fermés et devenus d'airain,
Et la terre trois ans sans pluie et sans rosée[4];
Les morts se ranimants à la voix d'Élisée[5];
Reconnaissez, Abner, à ces traits éclatants   125
Un Dieu, tel aujourd'hui qu'il fut dans tous les temps.
Il sait quand il lui plaît faire éclater sa gloire,
Et son peuple est toujours présent à sa mémoire.

ABNER

Mais où sont ces honneurs à David tant promis[6],
Et prédits même encore à Salomon son fils?   130
Hélas! nous espérions que de leur race heureuse
Devait sortir de Rois une suite nombreuse,
Que sur toute tribu, sur toute nation
L'un d'eux établirait sa domination,

---

1. Sur ces événements, voir la Préface de Racine, p. 34.
2. Entendre : l'ensemble des prophètes convaincus de mensonge, tous les prophètes reconnus comme des menteurs (sur ces prophètes, voir la note suivante).
3. Allusion au miracle du mont du Carmel rapporté dans *I Rois*, XVIII, 19-40 : invités par Élie à invoquer leur dieu pour qu'il mette le feu au bûcher de leur autel, les quatre cent cinquante prophètes de Baal prièrent en vain une matinée entière; mais sitôt qu'Élie, de son côté, eut achevé son autel et invoqué Dieu, «la flamme du Ciel» vint tout consumer. Élie fit alors égorger tous les prophètes de Baal.
4. Voir *I Rois*, XVII, 1 et XVIII, 1. Dans la Bible, cette sécheresse précède immédiatement l'épisode du Carmel (voir la note précédente). L'image de la fermeture des cieux vient de *Saint Luc* (IV, 25) : «Au temps d'Élie, quand le ciel fut fermé pendant trois ans et six mois.»
5. Allusion à la résurrection du fils de la Sunamite (*II Rois*, IV, 18-36). Nous maintenons l'accord du participe présent (normal au XVIIe siècle) pour respecter la liaison voulue par Racine.
6. Transposition d'un verset des *Psaumes* (LXXXIX, 50) : «Où sont, Seigneur, vos anciennes miséricordes que vous avez promises à David avec serment, et en prenant votre vérité à témoin?» (trad. Sacy avec la numérotation LXXXVIII, 48).

₁₃₅ Ferait cesser partout la discorde et la guerre,
Et verrait à ses pieds tous les Rois de la terre[1].

JOAD

Aux promesses du Ciel pourquoi renoncez-vous ?

ABNER

Ce Roi fils de David où le chercherons-nous ?
Le Ciel même peut-il réparer les ruines[2]
₁₄₀ De cet arbre séché jusque dans ses racines[3] ?
Athalie étouffa l'enfant même au berceau.
Les morts après huit ans sortent-ils du tombeau ?
Ah ! Si dans sa fureur elle s'était trompée,
Si du sang de nos Rois quelque goutte échappée...

JOAD

₁₄₅ Hé bien ? Que feriez-vous ?

ABNER

Ô jour heureux pour moi !
De quelle ardeur j'irais reconnaître mon Roi !
Doutez-vous qu'à ses pieds nos tribus empressées...
Mais pourquoi me flatter de ces vaines pensées ?
Déplorable héritier de ces Rois triomphants
₁₅₀ Ochosias[4] restait seul avec ses enfants.

---

1. Nouvelle transposition d'un verset des *Psaumes* (LXXII, 11) : « Et tous les rois de la terre l'adoreront ; toutes les nations lui seront assujetties » (trad. Sacy avec la numérotation LXXI). Ce psaume est traditionnellement interprété comme une prophétie du Messie.
2. La métrique exige (ici comme aux v. 564 et 1540) de faire la diérèse sur ce mot (ru-ine) ; de même pour ingénu-ité au v. 629. En revanche Racine ne fait pas la diérèse sur les mots suivre, instruire, séduire, bruit, etc.
3. Allusion à l'arbre de Jessé, père de David, considéré comme l'arbre généalogique du Christ du fait d'une prophétie d'Isaïe : « Il sortira un rejeton de la tige de Jessé, et une fleur naîtra de sa racine » (*Isaïe*, XI, 1 ; trad. Sacy).
4. Ce nom compte pour quatre syllabes du fait de la diérèse (Ochosi-as).

Par les traits de Jéhu je vis percer le père,
Vous avez vu les fils massacrés par la mère[1].

ABNER... JOAD

Je ne m'explique point. Mais quand l'astre du jour
Aura sur l'horizon fait le tiers de son tour,
Lorsque la troisième heure aux prières rappelle[2],   155
Retrouvez-vous au Temple avec ce même zèle.
Dieu pourra vous montrer par d'importants bienfaits
Que sa parole est stable, et ne trompe jamais[3].
Allez, pour ce grand jour il faut que je m'apprête.
Et du Temple déjà l'aube blanchit le faîte.   160

ABNER

Quel sera ce bienfait que je ne comprends pas?
L'illustre Josabet[4] porte vers vous ses pas.
Je sors, et vais me joindre à la troupe fidèle
Qu'attire de ce jour la pompe solennelle.

---

1. Construction faussement symétrique : « le père » renvoie à Ochosias, « la mère » à Athalie, mère d'Ochosias, donc grand-mère de ces « fils » qu'elle a massacrés.
2. C'est-à-dire trois heures après le lever du soleil (vers neuf heures du matin) : la troisième heure était le moment où le sacrifice du jour était présenté sur l'autel.
3. La formule provient des *Psaumes* (CXI, 7-8) : « Tous ses préceptes sont fidèles et stables dans tous les siècles, ayant été faits sur les règles de la vérité et de l'équité » (trad. Sacy avec la numérotation CX, 7).
4. Josabet est *illustre* parce qu'elle est une « Princesse » (voir ci-après le v. 165). Elle était fille du roi Joram (« mais d'une autre mère qu'Athalie ») et demi-sœur d'Ochosias, comme le rappelle Racine dans sa Préface.

SCÈNE II

JOAD, JOSABET

JOAD

165 Les temps sont accomplis, Princesse, il faut parler,
    Et votre heureux larcin ne se peut plus celer[1].
    Des ennemis de Dieu la coupable insolence
    Abusant contre lui de ce profond silence,
    Accuse trop longtemps ses promesses d'erreur.
170 Que dis-je ? Le succès animant leur fureur,
    Jusque sur notre Autel votre injuste Marâtre[2]
    Veut offrir à Baal un encens idolâtre.
    Montrons ce jeune Roi que vos mains ont sauvé,
    Sous l'aile du Seigneur dans le Temple élevé.
175 De nos Princes Hébreux il aura le courage,
    Et déjà son esprit a devancé son âge.
    Avant que son destin s'explique par ma voix,
    Je vais l'offrir au Dieu par qui règnent les Rois[3].
    Aussitôt assemblant nos Lévites, nos Prêtres,
180 Je leur déclarerai[4] l'héritier de leurs Maîtres.

JOSABET

Sait-il déjà son nom, et son noble destin ?

---

1. On ne peut plus garder secret le fait qu'elle a sauvé Joas (événement raconté aux v. 241-254). Rappelons que Joas, fils d'Ochosias et petit-fils d'Athalie, est son neveu (voir la note précédente), ce qui explique la violence de son amour pour lui (voir le v. 191).
2. C'est-à-dire Athalie.
3. Formule biblique (voir *Proverbes*, VIII, 15 : « Les rois règnent par moi »).
4. Je leur révélerai en faisant une proclamation solennelle.

JOAD

Il ne répond encor qu'au nom d'Éliacin[1],
Et se croit quelque enfant rejeté par sa mère,
À qui j'ai par pitié daigné servir de père.

JOSABET

Hélas ! De quel péril je l'avais su tirer !   185
Dans quel péril encore il est[2] prêt de rentrer !

JOAD

Quoi ? Déjà votre foi s'affaiblit et s'étonne[3] ?

JOSABET

À vos sages conseils[4], Seigneur, je m'abandonne.
Du jour que j'arrachai cet Enfant à la mort,
Je remis en vos mains tout le soin de son sort.   190
Même de mon amour craignant la violence,
Autant que je le puis, j'évite sa présence,
De peur qu'en le voyant, quelque trouble indiscret
Ne fasse avec mes pleurs échapper mon secret.
Surtout j'ai cru devoir aux larmes, aux prières,   195
Consacrer ces trois jours et ces trois nuits entières.
Cependant aujourd'hui puis-je vous demander
Quels amis vous avez prêts à vous seconder ?
Abner, le brave Abner viendra-t-il nous défendre ?
A-t-il près de son Roi fait serment de se rendre ?   200

---

1. Ce pseudonyme qui couvre l'identité cachée de Joas est de l'invention de Racine : en hébreu ce nom signifie *grand prêtre*. La prosodie exige ici, comme partout ailleurs dans le texte, de marquer la diérèse : Éli-acin.
2. Var   est-il   1697
3. *Étonner* : frapper de stupéfaction, effrayer (voir aussi les v. 414, 966, 1043, 1167, 1754).
4. *Conseil* : décision, résolution.

JOAD

Abner, quoiqu'on se pût assurer sur sa foi,
Ne sait pas même encor si nous avons un Roi.

JOSABET

Mais à qui de Joas confiez-vous la garde?
Est-ce Obed, est-ce Amnon que cet honneur regarde?
205 De mon Père sur eux les bienfaits répandus..

JOAD

À l'injuste Athalie ils se sont tous vendus.

JOSABET

Qui donc opposez-vous contre ses satellites[1]?

JOAD

Ne vous l'ai-je pas dit? Nos Prêtres, nos Lévites.

JOSABET

Je sais que près de vous en secret rassemblé[2]
210 Par vos soins prévoyants leur nombre est redoublé;
Que pleins d'amour pour vous, d'horreur pour Athalie,
Un serment solennel par avance les lie
À ce fils de David qu'on leur doit révéler.
Mais quelque noble ardeur dont ils puissent brûler,
215 Peuvent-ils de leur Roi venger seuls la querelle?
Pour un si grand ouvrage est-ce assez de leur zèle?
Doutez-vous qu'Athalie, au premier bruit semé
Qu'un fils d'Ochosias est ici renfermé,
De ses fiers Étrangers assemblant les cohortes[3],

1. Les hommes qui obéissent à Athalie.
2. Var   assemblé   1697
3. Ces soldats étrangers qui constituent «les cohortes» d'Athalie sont
des Tyriens (cf. II, 6; v. 616); dans sa Préface, Racine rappelle que la
mère d'Athalie, Jézabel, «avait pris naissance» «dans le pays de Tyr et de

N'environne le Temple et n'en brise les portes ?   220
Suffira-t-il contre eux de vos Ministres saints,
Qui levant au Seigneur leurs innocentes mains
Ne savent que gémir, et prier pour nos crimes,
Et n'ont jamais versé que le sang des Victimes ?
Peut-être dans leurs bras Joas percé de coups…   225

JOAD

Et comptez-vous pour rien Dieu qui combat pour nous ?
Dieu, qui de l'orphelin protège l'innocence,
Et fait dans la faiblesse éclater sa puissance[1] ;
Dieu, qui hait les Tyrans, et qui dans Jezraël
Jura d'exterminer Achab et Jézabel[2] ;   230
Dieu, qui frappant Joram le mari de leur fille[3],
A jusque sur son fils[4] poursuivi leur famille ;
Dieu, dont le bras vengeur, pour un temps suspendu,
Sur cette race impie est toujours étendu[5].

Sidon », c'est-à-dire la Phénicie (elle était fille du « roi des Sidoniens » :
I Rois, XVI, 31).

1. Enchaînement de formules de l'Ancien Testament — « Le Seigneur combattra pour vous [et vous demeurerez dans le silence] » (*Exode*,
XIV, 14 ; trad. Sacy) ; « [Dieu] qui prend la défense des orphelins » (*Deutéronome*, X, 18) ; « il est le père des orphelins » (*Psaumes*, LVIII, 6 [LVII, 5
dans la *Vulgate*] — et d'une formule du Nouveau Testament : « […] ma
puissance éclate davantage dans la faiblesse » (*Deuxième Épître de saint Paul
aux Corinthiens*, XII, 9 ; trad. Sacy).

2. C'est à Jezraël, près de Samarie, qu'était la vigne de ce Naboth que
Jézabel avait fait mourir parce qu'il avait refusé de la céder au roi Achab,
son mari (voir la Préface de Racine, et *I Rois*, XXI). Sur la malédiction
lancée par Dieu sur Achab, Jézabel et toute leur descendance, voir *I Rois*,
XXI, 17-24.

3. Joram, roi de Juda, avait épousé « leur fille » (la fille de Jézabel et
d'Achab, roi d'Israël), Athalie : on lit dans *II Chr.*, XXI, 18-19 que Dieu le
« frappa d'une maladie d'entrailles » dont il mourut dans d'atroces souf-
frances. Sur tout cela, voir la préface de Racine.

4. Le fils de Joram et d'Athalie : Ochosias, roi de Juda, demi-frère de
Josabet et père de Joas (voir ci-dessous le v. 236).

5. Image biblique traditionnelle de la main (ou du bras) de Dieu étendue sur les méchants (voir *Exode*, XV, 12 : « Vous avez étendu votre main
et la terre les a dévorés » ; trad. Sacy).

JOSABET

235 Et c'est sur tous ces Rois sa justice sévère,
     Que je crains pour le fils de mon malheureux Frère.
     Qui sait si cet Enfant par leur crime entraîné
     Avec eux en naissant ne fut pas condamné ?
     Si Dieu le séparant d'une odieuse race,
240 En faveur de David voudra lui faire grâce ?
        Hélas ! l'état horrible où le Ciel me l'offrit,
     Revient à tout moment effrayer mon esprit[1].
     De Princes égorgés la chambre était remplie.
     Un poignard à la main l'implacable Athalie
245 Au carnage animait ses barbares Soldats,
     Et poursuivait le cours de ses assassinats.
     Joas laissé pour mort frappa soudain ma vue.
     Je me figure encor sa Nourrice éperdue,
     Qui devant les Bourreaux s'était jetée en vain,
250 Et faible le tenait renversé sur son sein.
     Je le pris tout sanglant. En baignant son visage
     Mes pleurs du sentiment lui rendirent l'usage.
     Et soit frayeur encore, ou pour me caresser,
     De ses bras innocents je me sentis presser.
255 Grand Dieu[2], que mon amour ne lui soit point funeste.
     Du fidèle David c'est le précieux reste[3].
     Nourri dans ta maison en l'amour de ta Loi
     Il ne connaît encor d'autre Père que toi.
     Sur le point d'attaquer une Reine homicide,
260 À l'aspect du péril si ma foi s'intimide,
     Si la chair et le sang se troublant aujourd'hui

---

1. Le récit du massacre est de l'invention de Racine. Il compose ici une *hypotypose* (évocation, sous forme de peinture animée, comme l'indiquent un peu plus bas les mots «Je me figure encor»), en utilisant à nouveau (après *Andromaque* et *Iphigénie*) le modèle du célèbre récit du carnage troyen fait par Énée au livre II de l'*Énéide* de Virgile (v. 469-558).

2. *Var* Grand Dieu !   1697

3. La formule est de Bossuet, comme le rappelle Racine dans sa Préface p. 36.

Ont trop de part aux pleurs que je répands pour lui ;
Conserve l'héritier de tes saintes promesses,
Et ne punis que moi de toutes mes faiblesses.

JOAD

Vos larmes, Josabet, n'ont rien de criminel.   265
Mais Dieu veut qu'on espère en son soin paternel.
Il ne recherche point, aveugle en sa colère,
Sur le fils qui le craint, l'impiété du père[1].
Tout ce qui reste encor de fidèles Hébreux
Lui viendront aujourd'hui renouveler leurs vœux.   270
Autant que de David la race est respectée,
Autant de Jézabel la fille est détestée.
Joas les touchera par sa noble pudeur,
Où semble de son sang reluire la splendeur.
Et Dieu par sa voix même appuyant notre exemple,   275
De plus près à leur cœur parlera dans son Temple.
Deux infidèles Rois tour à tour l'ont bravé[2].
Il faut que sur le trône un Roi soit élevé,
Qui se souvienne un jour qu'au rang de ses Ancêtres
Dieu l'a fait remonter par la main de ses Prêtres,   280
L'a tiré par leur main de l'oubli du tombeau,
Et de David[3] éteint rallumé le flambeau[4].
   Grand Dieu[5], si tu prévois qu'indigne de sa race
Il doive de David abandonner la trace ;
Qu'il soit comme le fruit en naissant arraché,   285

---

1. Dieu ne condamne pas le fils pour l'impiété de son père. Cette idée,
longuement développée dans *Ézéchiel*, XVIII, est issue d'un commandement donné par Dieu à Moïse (*Deutéronome*, XXIV, 16) qui est rappelé
aussi bien dans *II Rois* (XIV, 6) que dans *II Chr.* (XXV, 4) quelques pages
à peine après l'histoire de Joas et d'Athalie.
   2. Ces deux rois «infidèles» qui «ont bravé» Dieu en devenant idolâtres (culte de Baal) sont Joram, mari d'Athalie, et Ochosias, leur fils.
   3. C'est-à-dire la descendance de David.
   4. Sur cette image biblique, voir la Préface de Racine p. 36.
   5. Var   Grand Dieu !   1697

Ou qu'un souffle ennemi dans sa fleur a séché[1].
Mais si ce même Enfant à tes ordres docile,
Doit être à tes desseins un instrument utile ;
Fais qu'au juste héritier le sceptre soit remis.
290　Livre en mes faibles mains ses puissants ennemis.
Confonds dans ses conseils[2] une Reine cruelle.
Daigne, daigne, mon Dieu, sur Mathan et sur elle
Répandre cet esprit d'imprudence et d'erreur,
De la chute des Rois funeste avant-coureur.
295　　　L'heure me presse. Adieu. Des plus saintes familles
Votre fils et sa sœur vous amènent les filles.

SCÈNE III

JOSABET, ZACHARIE, SALOMITH, LE CHŒUR

JOSABET

Cher Zacharie, allez, ne vous arrêtez pas,
De votre auguste Père accompagnez les pas.
　　Ô filles de Lévi, troupe jeune et fidèle,
300　Que déjà le Seigneur embrase de son zèle,
Qui venez si souvent partager mes soupirs,
Enfants, ma seule joie en mes longs déplaisirs ;
Ces festons en vos mains, et ces fleurs sur vos têtes,

---

1. Image biblique : voir *Isaïe*, XL, 24 : « [...] lorsqu'il les a frappés de son souffle, ils se sont séchés. »
2. Confondre : plonger dans la confusion (voir aussi le v. 847) ; et, comme au v. 188, conseil a le sens de résolution, décision : ce vers et les trois qui suivent font écho à une phrase de la conclusion du *Discours sur l'Histoire universelle* de Bossuet : « Quand il [Dieu] veut lâcher le dernier [coup] et renverser les empires, tout est faible et irrégulier dans les conseils. L'Égypte, autrefois si sage, marche enivrée, étourdie et chancelante, parce que le Seigneur a répandu l'esprit de vertige dans ses conseils ; elle ne sait plus ce qu'elle fait, elle est perdue » (Troisième partie, chap. VIII ; éd. cit., p. 1025).

Autrefois convenaient à nos pompeuses fêtes.
Mais, hélas! en ce temps d'opprobre et de douleurs   305
Quelle offrande sied mieux que celle de nos pleurs?
J'entends déjà, j'entends la trompette sacrée,
Et du Temple bientôt on permettra l'entrée.
Tandis que je me vais préparer à marcher,
Chantez, louez le Dieu que vous venez chercher.   310

SCÈNE IV

LE CHŒUR

TOUT LE CHŒUR chante.

Tout l'Univers est plein de sa magnificence,
Qu'on l'adore ce Dieu, qu'on l'invoque à jamais.
Son Empire a des temps précédé la naissance.
    Chantons, publions ses bienfaits[1].

UNE VOIX SEULE

    En vain l'injuste violence   315
Au peuple qui le loue, imposerait silence,
    Son nom ne périra jamais.
Le jour annonce au jour sa gloire et sa puissance[2].
Tout l'Univers est plein de sa magnificence,
    Chantons, publions ses bienfaits.   320

1. Ce premier couplet est composé sur le modèle des *Psaumes* (voir par ex. le *Psaume* XXXIV, 3 : «Publiez avec moi combien le Seigneur est grand, et célébrons tous ensemble la gloire de son saint nom»; trad. Sacy sous la numérotation XXXIII).
2. Imitation du *Psaume* XIX, 2-3 : «Les cieux racontent la gloire de Dieu, et le firmament publie les ouvrages de ses mains. / Un jour annonce cette vérité à un autre jour; et une nuit en donne la connaissance à une autre nuit» (trad. Sacy sous la numérotation XVIII, 1-2).

TOUT LE CHŒUR répète.

Tout l'Univers est plein de sa magnificence.
　　Chantons, publions ses bienfaits.

UNE VOIX SEULE

　Il donne aux fleurs leur aimable peinture.
　　Il fait naître et mûrir les fruits.
325　　Il leur dispense avec mesure
Et la chaleur des jours et la fraîcheur des nuits.
Le champ qui les reçut, les rend avec usure[1].

UNE AUTRE

Il commande au Soleil d'animer la nature,
　Et la lumière est un don de ses mains.
330　　Mais sa Loi sainte, sa Loi pure
Est le plus riche don qu'il ait fait aux Humains.

UNE AUTRE

Ô Mont de Sinaï, conserve la mémoire
De ce jour à jamais auguste et renommé,
　　Quand sur ton sommet enflammé
335 Dans un nuage épais le Seigneur enfermé
Fit luire aux yeux mortels un rayon de sa gloire.
　Dis-nous, pourquoi ces feux et ces éclairs,
Ces torrents de fumée, et ce bruit dans les airs,
　　Ces trompettes et ce tonnerre[2].
340 Venait-il renverser l'ordre des éléments?
　　Sur ses antiques fondements
　　Venait-il ébranler la terre[3]?

---

　1. Avec usure : avec intérêt; en rendant plus qu'on ne lui a donné.
　2. Var.　tonnerre?　　　　　　　　　　　　　　　　1697.
　3. Ce couplet combine plusieurs passages des chapitres XIX et XX de
l'*Exode* (apparition de Dieu à Moïse sur le Sinaï) : « La montagne de Sinaï
était tout en fumée… tremblait avec violence » (*Exode*, XIX, 18) ; « Tout le
peuple entendait les tonnerres et le son de la trompette » (*Exode*, XX, 18).

UNE AUTRE

Il venait révéler aux enfants des Hébreux
De ses préceptes saints la lumière immortelle[1].
    Il venait à ce peuple heureux
Ordonner de l'aimer d'une amour éternelle[2].   345

TOUT LE CHŒUR

    Ô divine, ô charmante Loi !
    Ô justice, ô bonté suprême !
Que de raisons, quelle douceur extrême
D'engager à ce Dieu son amour et sa foi !   350

UNE VOIX SEULE

D'un joug cruel il sauva nos aïeux,
Les nourrit au désert d'un pain délicieux[3].
Il nous donne ses lois, il se donne lui-même,
    Pour tant de biens il commande qu'on l'aime.

LE CHŒUR

    Ô justice ! ô bonté suprême !   355

LA MÊME VOIX

Des mers pour eux il entrouvrit les eaux,
D'un aride rocher fit sortir des ruisseaux[4].
Il nous donne ses lois, il se donne lui-même.
    Pour tant de biens il commande qu'on l'aime.

---

1. Allusion aux dix commandements et aux lois que Dieu donna à Moïse sur le mont Sinaï (*Exode*, XX et suiv.).
2. *Amour* au singulier peut être indifféremment féminin (comme ici) ou masculin : mais comme la forme du mot reste la même, le genre est en fait imposé par l'adjectif ou le participe qui l'accompagne et qui varie en fonction des nécessités de la rime.
3. Allusions aux épisodes de la sortie d'Égypte (*Exode*, XI-XIII) et de la manne dans le désert (*ibid.*, XVI, 14-35).
4. Allusions aux épisodes du passage de la mer Rouge (*Exode*, XIV) et du rocher d'Horeb (*ibid.*, XVII, 1-7).

LE CHŒUR

360   Ô divine, ô charmante Loi !
Que de raisons, quelle douceur extrême,
D'engager à ce Dieu son amour et sa foi !

UNE AUTRE VOIX SEULE

Vous, qui ne connaissez qu'une crainte servile,
Ingrats, un Dieu si bon ne peut-il vous charmer ?
365   Est-il donc à vos cœurs, est-il si difficile
                Et si pénible de l'aimer ?
            L'esclave craint le tyran qui l'outrage.
            Mais des enfants l'amour est le partage.
Vous voulez que ce Dieu vous comble de bienfaits,
370   Et ne l'aimer jamais ?

TOUT LE CHŒUR

        Ô divine, ô charmante Loi.
        Ô justice, ô bonté suprême !
Que de raisons, quelle douceur extrême
D'engager à ce Dieu son amour et sa foi[1] !

---

1. Dans les éditions publiées par Racine, un *etc.* suit « Ô divine, ô charmante Loi », et les trois vers qui suivent ne sont pas répétés.

ACTE II

SCÈNE PREMIÈRE

JOSABET, SALOMITH, LE CHŒUR

JOSABET

Mes filles, c'est assez, suspendez vos cantiques[1].   375
Il est temps de nous joindre aux prières publiques.
Voici notre heure. Allons célébrer ce grand jour,
Et devant le Seigneur paraître à notre tour.

SCÈNE II

ZACHARIE, JOSABET, SALOMITH, LE CHŒUR

JOSABET

Mais que vois-je ? Mon fils, quel sujet vous ramène ?
Où courez-vous ainsi tout pâle et hors d'haleine ?   380

---

1. Le deuxième acte enchaîne directement sur le chœur : Racine explique dans la Préface (p. 37) sa volonté d'imiter ainsi la pratique des tragiques grecs.

ZACHARIE

Ô ma Mère !

JOSABET

Hé bien, quoi ?

ZACHARIE

Le Temple est profané.

JOSABET

Comment ?

ZACHARIE

Et du Seigneur l'Autel abandonné.

JOSABET

Je tremble. Hâtez-vous d'éclaircir votre mère.

ZACHARIE

Déjà, selon la loi, le grand Prêtre mon père,
385 Après avoir au Dieu qui nourrit les humains
De la moisson nouvelle offert les premiers pains,
Lui présentait encore entre ses mains sanglantes
Des victimes de paix les entrailles fumantes[1].
Debout à ses côtés le jeune Éliacin
390 Comme moi le servait en long habit de lin[2],
Et cependant[3], du sang de la chair immolée
Les Prêtres arrosaient l'Autel et l'assemblée[4].
Un bruit confus s'élève, et du peuple surpris
Détourne tout à coup les yeux et les esprits.

1. Ce rite est décrit dans le *Lévitique*, XXIII, 15-20.
2. Habit cérémoniel des sacrificateurs et des lévites.
3. Pendant ce temps (comme aux v. 615, 683, 1537).
4. Comme le fit Moïse au pied du Sinaï (*Exode*, XXIV, 8).

Une Femme… Peut-on la nommer sans blasphème ?   395
Une Femme… C'était Athalie elle-même.

JOSABET

Ciel !

ZACHARIE

    Dans un des parvis aux hommes réservé
Cette Femme superbe entre le front levé,
Et se préparait même à passer les limites
De l'enceinte sacrée ouverte aux seuls Lévites.   400
Le peuple s'épouvante et fuit de toutes parts.
Mon père… Ah quel courroux animait ses regards !
Moïse à Pharaon parut moins formidable[1].
Reine, sors, a-t-il dit, de ce lieu redoutable,
D'où te bannit ton sexe et ton impiété.   405
Viens-tu du Dieu vivant braver la majesté ?
La Reine alors sur lui jetant un œil farouche
Pour blasphémer sans doute ouvrait déjà la bouche.
J'ignore si de Dieu l'Ange se dévoilant
Est venu lui montrer un glaive étincelant[2].   410
Mais sa langue en sa bouche à l'instant s'est glacée,
Et toute son audace a paru terrassée.
Ses yeux comme effrayés n'osaient se détourner.
Surtout Éliacin paraissait l'étonner.

JOSABET

Quoi donc ? Éliacin a paru devant elle ?   415

ZACHARIE

Nous regardions tous deux cette Reine cruelle,

---

  1. Formidable : redoutable, effrayant (voir aussi le v. 1181).
  2. Image biblique : «Et David, levant les yeux, vit l'ange du Seigneur qui était entre le ciel et la terre, et qui avait à la main une épée nue et tournée contre Jérusalem » (*I Chr.*, XXI, 16 ; trad. Sacy).

Et d'une égale horreur nos cœurs étaient frappés.
Mais les Prêtres bientôt nous ont enveloppés[1].
On nous a fait sortir. J'ignore tout le reste,
420 Et venais vous conter ce désordre funeste.

JOSABET

Ah ! de nos bras sans doute elle vient l'arracher,
Et c'est lui qu'à l'Autel sa fureur vient chercher.
Peut-être en ce moment l'objet de tant de larmes…
Souviens-toi de David[2], Dieu, qui vois mes alarmes.

SALOMITH

425 Quel est-il cet objet des pleurs que vous versez ?

ZACHARIE

Les jours d'Éliacin seraient-ils menacés ?

SALOMITH

Aurait-il de la Reine attiré la colère ?

ZACHARIE

Que craint-on d'un enfant sans support, et sans père ?

JOSABET

Ah, la voici. Sortons. Il la faut éviter.

1. Envelopper : entourer.
2. Premiers mots du *Psaume* CXXXII (CXXXI selon la *Vulgate*) et derniers mots de la prière de Salomon lors de la dédicace du temple de Jérusalem (*II Chr.*, VI, 42).

SCÈNE III

ATHALIE, AGAR, ABNER, *Suite d'Athalie*

AGAR

Madame, dans ces lieux pourquoi vous arrêter ?   430
Ici tous les objets vous blessent, vous irritent.
Abandonnez ce Temple aux Prêtres qui l'habitent.
Fuyez tout ce tumulte, et dans votre Palais
À vos sens agités venez rendre la paix.

ATHALIE

Non, je ne puis, tu vois mon trouble, et ma faiblesse. 435
Va, fais dire à Mathan qu'il vienne, qu'il se presse.
Heureuse, si je puis trouver par son secours
Cette paix que je cherche, et qui me fuit toujours !

                                          Elle s'assied.

SCÈNE IV

ATHALIE, ABNER, etc.

ABNER

Madame, pardonnez si j'ose le défendre.
Le zèle de Joad n'a point dû[1] vous surprendre.   440
Du Dieu que nous servons tel est l'ordre éternel.
Lui-même il nous traça son Temple et son Autel,
Aux seuls enfants d'Aaron commit ses sacrifices,
Aux Lévites marqua leur place et leurs offices,

---

1. *N'aurait point dû* : les auxiliaires *devoir* et *pouvoir*, au passé de l'indi-
catif, ont presque toujours une valeur modale.

445 Et surtout défendit à leur postérité
   Avec tout autre Dieu toute société[1].
   Hé quoi? Vous de nos Rois et la femme et la mère
   Êtes-vous à ce point parmi nous étrangère?
   Ignorez-vous nos lois? Et faut-il qu'aujourd'hui...
450 Voici votre Mathan, je vous laisse avec lui.

                          ATHALIE

   Votre présence, Abner, est ici nécessaire.
   Laissons là de Joad l'audace téméraire,
   Et tout ce vain amas de superstitions,
   Qui ferment votre Temple aux autres Nations.
455 Un sujet plus pressant excite mes alarmes.
   Je sais que dès l'enfance élevé dans les armes
   Abner a le cœur noble, et qu'il rend à la fois
   Ce qu'il doit à son Dieu, ce qu'il doit à ses Rois.
   Demeurez.

                          SCÈNE V

                  MATHAN, ATHALIE, ABNER, etc.

                          MATHAN

         Grande Reine, est-ce ici votre place?
460 Quel trouble vous agite, et quel effroi vous glace?
   Parmi vos ennemis que venez-vous chercher?
   De ce Temple profane osez-vous approcher?
   Avez-vous dépouillé cette haine si vive...

   1. Toute société: tout commerce, toute relation. Sur ces différentes
lois données par Dieu à Moïse et à son peuple, voir *Exode* XXVIII, *Lévitique* VIII, X, XVI et XVIII, *Deutéronome* XVII et XVIII.

ATHALIE

Prêtez-moi l'un et l'autre une oreille attentive.
  Je ne veux point ici rappeler le passé,   465
Ni vous rendre raison du sang que j'ai versé.
Ce que j'ai fait, Abner, j'ai cru le devoir faire.
Je ne prends point pour juge un peuple téméraire.
Quoi que son insolence ait osé publier,
Le Ciel même a pris soin de me justifier.   470
Sur d'éclatants succès ma puissance établie
A fait jusqu'aux deux Mers[1] respecter Athalie.
Par moi Jérusalem goûte un calme profond.
Le Jourdain ne voit plus l'Arabe vagabond,
Ni l'altier Philistin, par d'éternels ravages,   475
Comme au temps de vos Rois, désoler ses rivages.
Le Syrien me traite et de Reine et de Sœur[2].
Enfin de ma Maison le perfide Oppresseur,
Qui devait jusqu'à moi pousser sa barbarie,
Jéhu, le fier Jéhu tremble dans Samarie[3].   480
De toutes parts pressé par un puissant Voisin[4]
Que j'ai su soulever contre cet Assassin,
Il me laisse en ces lieux souveraine maîtresse.
Je jouissais en paix du fruit de ma sagesse.
Mais un trouble importun vient depuis quelques jours   485
De mes prospérités interrompre le cours.
Un songe (Me devrais-je inquiéter d'un songe?)
Entretient dans mon cœur un chagrin qui le ronge.

---

  1. De la mer Rouge à la Méditerranée.
  2. Athalie trace ici la géographie des peuples traditionnellement en
lutte avec les Hébreux : les tribus arabes à l'ouest, les Philistins à l'est, les
Syriens au nord-ouest. La Bible ne fait pas état des liens d'alliance qui
pouvaient exister entre Athalie et le roi de Syrie, Hazaël. En revanche la
fin du chapitre consacré à Jéhu (*II Rois*, X, 32-33) fait état de ses défaites
face à Hazaël — ce à quoi il est fait allusion aux vers suivants — et Racine
en a déduit, *a contrario*, qu'Hazaël avait respecté Athalie.
  3. Capitale du royaume d'Israël (et rivale de Jérusalem, capitale du
royaume de Juda).
  4. Hazaël : voir ci-dessus la note 2.

Je l'évite partout, partout il me poursuit.
490   C'était pendant l'horreur d'une profonde nuit.
Ma mère Jézabel devant moi s'est montrée,
Comme au jour de sa mort pompeusement parée[1].
Ses malheurs n'avaient point abattu sa fierté.
Même elle avait encor cet éclat emprunté,
495   Dont elle eut soin de peindre et d'orner son visage,
Pour réparer des ans l'irréparable outrage.
Tremble, m'a-t-elle dit, fille digne de moi.
Le cruel Dieu des Juifs l'emporte aussi sur toi.
Je te plains de tomber dans ses mains redoutables,
500   Ma fille. En achevant ces mots épouvantables,
Son Ombre vers mon lit a paru se baisser.
Et moi, je lui tendais les mains pour l'embrasser.
Mais je n'ai plus trouvé qu'un horrible mélange
D'os et de chair meurtris, et traînés dans la fange,
505   Des lambeaux pleins de sang, et des membres affreux,
Que des chiens dévorants se disputaient entre eux[2].

ABNER

Grand Dieu !

ATHALIE

Dans ce désordre à mes yeux se présente
Un jeune Enfant couvert d'une robe éclatante,

---

1. «Jéhu vint ensuite à Jezraël, et Jézabel, ayant appris son arrivée, se para les yeux avec du fard, mit ses ornements sur sa tête et regarda par la fenêtre» (*II Rois*, IX, 30; trad. Sacy).
2. Pour cette horrible image, Racine est strictement fidèle aux récits bibliques: d'abord à l'annonce de la condamnation de Jézabel lancée par Dieu et transmise par le prophète Élie («Les chiens mangeront Jézabel dans le champ de Jezraël», *I Rois*, XI, 23), ensuite à son exécution par Jéhu : «Jéhu dit [aux eunuques] : jetez-la du haut en bas. Aussitôt ils la jetèrent par la fenêtre, et la muraille fut teinte de son sang, et elle fut foulée aux pieds des chevaux. [...] Et étant allés pour l'ensevelir, ils n'en trouvèrent que le crâne, les pieds et l'extrémité des mains (*II Rois*, IX, 33-35; trad. Sacy).

Tels[1] qu'on voit des Hébreux les Prêtres revêtus[2].
Sa vue a ranimé mes esprits abattus.   510
Mais lorsque revenant de mon trouble funeste,
J'admirais sa douceur, son air noble et modeste,
J'ai senti tout à coup un homicide acier,
Que le traître en mon sein a plongé tout entier.
De tant d'objets divers le bizarre assemblage   515
Peut-être du hasard vous paraît un ouvrage.
Moi-même quelque temps honteuse de ma peur
Je l'ai pris pour l'effet d'une sombre vapeur[3].
Mais de ce souvenir mon âme possédée
A deux fois en dormant revu la même idée.   520
Deux fois mes tristes yeux se sont vu retracer
Ce même Enfant toujours tout prêt à me percer.
Lasse enfin des horreurs dont j'étais poursuivie
J'allais prier Baal de veiller sur ma vie,
Et chercher du repos au pied de ses Autels.   525
Que ne peut la frayeur sur l'esprit des mortels !
Dans le Temple des Juifs un instinct m'a poussée,
Et d'apaiser leur Dieu j'ai conçu la pensée.
J'ai cru que des présents calmeraient son courroux,
Que ce Dieu, quel qu'il soit, en deviendrait plus doux. 530
Pontife de Baal, excusez ma faiblesse.
J'entre. Le peuple fuit. Le sacrifice cesse.
Le grand Prêtre vers moi s'avance avec fureur.
Pendant qu'il me parlait, ô surprise ! ô terreur !
J'ai vu ce même Enfant dont je suis menacée,   535

---

1. Toutes les éditions publiées par Racine présentent ici *Tels* au pluriel, l'accord se faisant avec le comparant et non avec le comparé (latinisme).
2. Voir l'ordonnance de Dieu touchant les habits que les Hébreux doivent confectionner pour leurs prêtres : « Ils y emploieront l'or, l'hyacinthe, la pourpre, l'écarlate teinte deux fois et le fin lin » (*Exode*, XXVIII, 5 ; trad. Sacy).
3. Une vapeur, dans l'ancienne conception médicale, est une « humeur subtile » qui monte du bas du corps et vient obscurcir le cerveau.

Tel qu'un songe effrayant l'a peint à ma pensée.
Je l'ai vu. Son même air, son même habit de lin,
Sa démarche, ses yeux, et tous ses traits enfin.
C'est lui-même. Il marchait à côté du grand Prêtre.
540 Mais bientôt à ma vue on l'a fait disparaître.
Voilà quel trouble ici m'oblige à m'arrêter,
Et sur quoi j'ai voulu tous deux vous consulter.
Que présage, Mathan, ce prodige incroyable?

MATHAN

Ce songe, et ce rapport[1], tout me semble effroyable.

ATHALIE

545 Mais cet Enfant fatal, Abner, vous l'avez vu.
Quel est-il? De quel sang? Et de quelle Tribu?

ABNER

Deux Enfants à l'Autel prêtaient leur ministère.
L'un est fils de Joad, Josabet est sa mère.
L'autre m'est inconnu.

MATHAN

                            Pourquoi délibérer?
550 De tous les deux, Madame, il se faut assurer.
Vous savez pour Joad mes égards, mes mesures,
Que je ne cherche point à venger mes injures,
Que la seule équité règne en tous mes avis.
Mais lui-même après tout, fût-ce son propre fils,
555 Voudrait-il un moment laisser vivre un coupable?

ABNER

De quel crime un enfant peut-il être capable?

---

1. Ce rapport : cette ressemblance.

MATHAN

Le Ciel nous le fait voir un poignard à la main.
Le Ciel est juste et sage et ne fait rien en vain.
Que cherchez-vous de plus ?

ABNER

                    Mais sur la foi d'un songe
Dans le sang d'un enfant voulez-vous qu'on se plonge ? 560
Vous ne savez encor de quel père il est né,
Quel il est.

MATHAN

          On le craint, tout est examiné.
À d'illustres parents s'il doit son origine,
La splendeur de son sort doit hâter sa ruine.
Dans le vulgaire obscur si le sort l'a placé[1],   565
Qu'importe qu'au hasard un sang vil soit versé ?
Est-ce aux Rois à garder cette lente justice[2] ?
Leur sûreté souvent dépend d'un prompt supplice.
N'allons point les gêner d'un soin[3] embarrassant.
Dès qu'on leur est suspect on n'est plus innocent.   570

ABNER

Hé quoi, Mathan ? D'un Prêtre est-ce là le langage ?
Moi, nourri dans la guerre aux horreurs du carnage,
Des vengeances des Rois ministre rigoureux,
C'est moi qui prête ici ma voix au Malheureux.
Et vous, qui lui devez des entrailles de père,   575
Vous, ministre de paix dans les temps de colère,
Couvrant d'un zèle faux votre ressentiment,
Le sang à votre gré coule trop lentement ?

---

1. Si le sort l'a fait naître dans le bas peuple.
2. Les rois doivent-ils se plier à une justice aussi lente ?
3. Au sens, fréquent au XVIIᵉ siècle, de souci, inquiétude.

   Vous m'avez commandé de vous parler sans feinte,
580 Madame. Quel est donc ce grand sujet de crainte ?
   Un songe, un faible Enfant, que votre œil prévenu[1]
   Peut-être sans raison croit avoir reconnu.

ATHALIE

   Je le veux croire, Abner. Je puis m'être trompée.
   Peut-être un songe vain m'a trop préoccupée[2].
585 Hé bien ! Il faut revoir cet Enfant de plus près.
   Il en faut à loisir examiner les traits.
   Qu'on les fasse tous deux paraître en ma présence.

ABNER

Je crains…

ATHALIE

          Manquerait-on pour moi de complaisance ?
   De ce refus bizarre où seraient les raisons ?
590 Il pourrait me jeter en d'étranges soupçons ?
   Que Josabet, vous dis-je, ou Joad les amène.
   Je puis, quand je voudrai, parler en Souveraine.
   Vos Prêtres, je veux bien, Abner, vous l'avouer,
   Des bontés d'Athalie ont lieu de se louer.
595 Je sais sur ma conduite et contre ma puissance
   Jusqu'où de leurs discours ils portent la licence.
   Ils vivent cependant, et leur Temple est debout.
   Mais je sens que bientôt ma douceur est à bout.
   Que Joad mette un frein à son zèle sauvage,
600 Et ne m'irrite point par un second outrage.
   Allez.

---

1. Prévenu : disposé par avance (à le reconnaître).
2. Préoccupée : sens voisin de prévenu (voir la note précédente). On comprendra : peut-être un songe illusoire m'a trop préparée par avance à recevoir une impression trompeuse.

SCÈNE VI

ATHALIE, MATHAN, etc.

MATHAN

Enfin je puis parler en liberté.
Je puis dans tout son jour mettre la vérité.
Quelque Monstre naissant dans ce Temple s'élève,
Reine. N'attendez pas que le nuage crève.
Abner chez le grand Prêtre a devancé le jour.   605
Pour le sang de ses Rois vous savez son amour.
Et qui sait si Joad ne veut point en leur place
Substituer l'Enfant dont le Ciel vous menace,
Soit son fils, soit quelque autre…

ATHALIE

               Oui, vous m'ouvrez les yeux.
Je commence à voir clair dans cet avis des Cieux.   610
Mais je veux de mon doute être débarrassée.
Un enfant est peu propre à trahir sa pensée.
Souvent d'un grand dessein un mot nous fait juger.
Laissez-moi, cher Mathan, le voir, l'interroger.
Vous cependant allez, et sans jeter d'alarmes,   615
À tous mes Tyriens faites prendre les armes.

SCÈNE VII

JOAS, JOSABET, ATHALIE, ZACHARIE, ABNER,
SALOMITH, DEUX LÉVITES, LE CHŒUR, etc.

JOSABET, *aux deux Lévites.*

Ô vous, sur ces enfants si chers, si précieux,
Ministres du Seigneur, ayez toujours les yeux.

ABNER, *à Josabet.*

Princesse, assurez-vous[1], je les prends sous ma garde.

ATHALIE

620 Ô Ciel ! plus j'examine et plus je le regarde,
C'est lui. D'horreur encor tous mes sens sont saisis.
Épouse de Joad, est-ce là votre Fils ?

JOSABET

Qui ? Lui, Madame ?

ATHALIE

Lui.

JOSABET

Je ne suis point sa mère.
Voilà mon Fils.

ATHALIE

Et vous, quel est donc votre père ?
625 Jeune Enfant, répondez.

JOSABET

Le Ciel jusqu'aujourd'hui…

ATHALIE

Pourquoi vous pressez-vous de répondre pour lui ?
C'est à lui de parler.

JOSABET

Dans un âge si tendre
Quel éclaircissement en pouvez-vous attendre ?

1. Soyez sans crainte.

ATHALIE

Cet âge est innocent. Son ingénuité[1]
N'altère point encor la simple Vérité.   630
Laissez-le s'expliquer sur tout ce qui le touche.

JOSABET, *tout bas.*

Daigne mettre, grand Dieu, ta sagesse en sa bouche.

ATHALIE

Comment vous nommez-vous ?

JOAS

J'ai nom Éliacin.

ATHALIE

Votre père ?

JOAS

Je suis, dit-on, un orphelin
Entre les bras de Dieu jeté dès ma naissance,   635
Et qui de mes parents n'eus jamais connaissance[2].

ATHALIE

Vous êtes sans parents ?

JOAS

Ils m'ont abandonné.

ATHALIE

Comment ? Et depuis quand ?

1. Voir la note du v. 139.
2. En ce début de dialogue, les réponses de Joas semblent inspirées par celles de Ion à Créüse (l'un et l'autre ignorent, comme ici, qu'ils sont liés par le sang) dans l'*Ion* d'Euripide (v. 307-329).

JOAS

Depuis que je suis né.

ATHALIE

Ne sait-on pas au moins quel pays est le vôtre?

JOAS

640 Ce Temple est mon pays, je n'en connais point d'autre.

ATHALIE

Où dit-on que le sort vous a fait rencontrer?

JOAS

Parmi des loups cruels prêts à me dévorer.

ATHALIE

Qui vous mit dans ce Temple?

JOAS

Une femme inconnue,
Qui ne dit point son nom, et qu'on n'a point revue.

ATHALIE

645 Mais de vos premiers ans quelles mains ont pris soin?

JOAS

Dieu laissa-t-il jamais ses enfants au besoin[1]?
Aux petits des oiseaux il donne leur pâture,
Et sa bonté s'étend sur toute la nature.
Tous les jours je l'invoque, et d'un soin paternel
650 Il me nourrit des dons offerts sur son Autel[2].

1. Dans le besoin.
2. Pour prêter à Joas ces paroles d'une ingénue pureté qui vont désar-
mer la terrible Athalie, Racine s'est inspiré des *Psaumes*: notamment

ATHALIE

Quel prodige nouveau me trouble et m'embarrasse ?
La douceur de sa voix, son enfance, sa grâce,
Font insensiblement à mon inimitié
Succéder… Je serais sensible à la pitié ?

ABNER

Madame, voilà donc cet ennemi terrible.   655
De vos songes menteurs l'imposture est visible,
À moins que la pitié, qui semble vous troubler,
Ne soit ce coup fatal qui vous faisait trembler.

ATHALIE, *à Joas et à Josabet.*

Vous sortez ?

JOSABET

Vous avez entendu sa fortune.
Sa présence à la fin pourrait être importune.   660

ATHALIE

Non. Revenez. Quel est tous les jours votre emploi ?

JOAS

J'adore le Seigneur. On m'explique sa Loi.
Dans son Livre divin on m'apprend à la lire,
Et déjà de ma main je commence à l'écrire.

CXLVII, 9 (« C'est lui [l'Éternel] qui donne aux bêtes la nourriture qui
leur est propre, et qui nourrit les petits des corbeaux qui invoquent son
secours » ; trad. Sacy avec la numérotation CXLVI, 10) et CXIX, 64 (« La
terre, Seigneur, est remplie de votre miséricorde » ; trad. Sacy avec la
numérotation CXVIII) ; et il est parvenu à donner les couleurs d'un
psaume aux deux derniers vers qui sont inspirés par divers passages du
Pentateuque définissant les droits et les devoirs des prêtres et des lévites
(notamment *Nombres*, XVIII, 13 : « Toutes les prémices des biens que la
terre produit, et qui sont présentées au Seigneur, seront réservées pour
votre usage ; celui qui est pur en votre maison en mangera » ; trad. Sacy).

ATHALIE

665 Que vous dit cette Loi?

JOAS

Que Dieu veut être aimé,
Qu'il venge tôt ou tard son saint Nom blasphémé,
Qu'il est le défenseur de l'Orphelin timide[1],
Qu'il résiste au Superbe, et punit l'Homicide.

ATHALIE

J'entends. Mais tout ce peuple enfermé en ce lieu,
670 À quoi s'occupe-t-il?

JOAS

Il loue, il bénit Dieu.

ATHALIE

Dieu veut-il qu'à toute heure on prie, on le contemple?

JOAS

Tout profane exercice est banni de son Temple.

ATHALIE

Quels sont donc vos plaisirs?

JOAS

Quelquefois à l'Autel
Je présente au grand Prêtre ou l'encens, ou le sel[2].
675 J'entends chanter de Dieu les grandeurs infinies.
Je vois l'ordre pompeux de ses cérémonies.

---

1. Timide : craintif (voir aussi les v. 872, 950, 1077, 1191).
2. L'encens et le sel accompagnaient systématiquement certaines offrandes (*Lévitique*, II, 1-2 et 13).

ATHALIE

Hé quoi ? Vous n'avez point de passe-temps plus doux ?
Je plains le triste sort d'un Enfant tel que vous.   *- gal !*
Venez dans mon Palais, vous y verrez ma gloire.

JOAS

Moi des bienfaits de Dieu je perdrais la mémoire ?   680

ATHALIE

Non, je ne vous veux pas contraindre à l'oublier.

JOAS

Vous ne le priez point.

ATHALIE

                            Vous le pourrez prier.

JOAS

Je verrais cependant en invoquer un autre ?

ATHALIE

J'ai mon Dieu que je sers. Vous servirez le vôtre.
Ce sont deux puissants Dieux.   685

JOAS

                            Il faut craindre le mien,
Lui seul est Dieu, Madame, et le vôtre n'est rien[1].

ATHALIE

Les plaisirs près de moi vous chercheront en foule.

1. De nombreux passages bibliques inspirent ces paroles prêtées à
Joas ; le seul chapitre VI du *Deutéronome* présente ainsi : « Le Seigneur
notre Dieu est le seul et unique Seigneur » (6), « Vous craindrez le Seigneur votre Dieu, vous ne servirez que lui seul, et vous ne jurerez que par
son nom » (13).

JOAS

Le bonheur des Méchants comme un torrent s'écoule[1].

ATHALIE

Ces Méchants, qui sont-ils ?

JOSABET

Hé, Madame ! Excusez
690 Un Enfant...

ATHALIE, *à Josabet.*

J'aime à voir comme vous l'instruisez.
Enfin, Éliacin, vous avez su me plaire.
Vous n'êtes point sans doute un Enfant ordinaire.
Vous voyez, je suis Reine, et n'ai point d'héritier.
Laissez là cet habit, quittez ce vil métier.
695 Je veux vous faire part de toutes mes richesses.
Essayez dès ce jour l'effet de mes promesses.
À ma table, partout, à mes côtés assis,
Je prétends vous traiter comme mon propre fils.

JOAS

Comme votre fils ?

ATHALIE

Oui. Vous vous taisez ?

JOAS

Quel Père
700 Je quitterais ! Et pour...

---

1. Transfiguration d'un verset des *Psaumes* (LVIII, 8) : les impies
« seront réduits à rien comme une eau qui passe » (trad. Sacy, avec la
numérotation LVII, 7) ; voir aussi le verset suivant : « Ils seront détruits
comme la cire que la chaleur fait fondre et couler. »

ATHALIE

Hé bien ?

JOAS

Pour quelle Mère[1] ! *haha*

ATHALIE, *à Josabet.*

Sa mémoire est fidèle, et dans tout ce qu'il dit
De vous et de Joad je reconnais l'esprit.
Voilà comme infectant cette simple jeunesse[2]
Vous employez tous deux le calme où je vous laisse.
Vous cultivez déjà leur haine et leur fureur.   705
Vous ne leur prononcez mon nom qu'avec horreur. *heheh...*

JOSABET

Peut-on de nos malheurs leur dérober l'histoire ? *conceal*
Tout l'Univers les sait. Vous-même en faites gloire.

ATHALIE

Oui, ma juste fureur, et j'en fais vanité,
A vengé mes Parents sur ma postérité.   710
J'aurais vu massacrer et mon Père, et mon Frère[3],
Du haut de son Palais précipiter ma Mère,
Et dans un même jour égorger à la fois,
Quel spectacle d'horreur ! quatre-vingts fils de Rois[4] ?

1. *Var* Mère ?   1692-1697
2. Voilà comment, en corrompant cette jeunesse innocente...
3. Sur les circonstances de l'extermination, sur l'ordre du Seigneur, de
toute la famille d'Achab par Jéhu, voir *II Rois*, IX-X. Curieusement Racine
englobe dans le massacre le « Père » d'Athalie, Achab, qui était pourtant
mort auparavant d'une flèche perdue durant une bataille, et il omet de
signaler la mort de son propre fils Ochosias, assassiné par Jéhu en même
temps que son frère Joram, ce qui justement déchaîna sa fureur vengeresse. Probablement faudrait-il lire ici « et mon Fils, et mon Frère ».
4. Pour arriver à ce chiffre de quatre-vingts, Racine ajoute probablement aux soixante-dix fils d'Achab, assassinés avant l'arrivée de Jéhu à
Samarie (*II Rois*, X, 1-8), le nombre indéterminé de « tous ceux qui res-

715 Et pourquoi ? Pour venger je ne sais quels Prophètes,
Dont elle avait puni les fureurs indiscrètes[1].
Et moi, Reine sans cœur, Fille sans amitié[2],
Esclave d'une lâche et frivole pitié,
Je n'aurais pas du moins à cette aveugle rage
720 Rendu meurtre pour meurtre, outrage pour outrage,
Et de votre David traité tous les neveux[3],
Comme on traitait d'Achab les restes malheureux ?
Où serais-je aujourd'hui, si domptant ma faiblesse
Je n'eusse d'une Mère étouffé la tendresse,
725 Si de mon propre sang ma main versant des flots
N'eût par ce coup hardi réprimé vos complots ?
Enfin de votre Dieu l'implacable vengeance
Entre nos deux Maisons rompit toute alliance.
David m'est en horreur, et les fils de ce Roi
730 Quoique nés de mon sang, sont étrangers pour moi.

JOSABET

Tout vous a réussi ? Que Dieu voie, et nous juge.

ATHALIE

Ce Dieu depuis longtemps votre unique refuge,
Que deviendra l'effet de ses prédictions ?
Qu'il vous donne ce Roi promis aux Nations,
735 Cet Enfant de David, votre espoir, votre attente[4]...

---

taient de la maison d'Achab » et qu'il fit tuer à Jezraël (X, 11), puis lors
de son entrée à Samarie (X, 17).
   1. Fureur au sens de délire prophétique. Sur cette allusion, voir *I Rois*,
XVIII, 4.
   2. Amitié a ici le sens, fréquent au XVIIe siècle, de « amour ». L'ensemble de la phrase doit s'entendre ainsi : Et moi, à moins d'être
une reine sans cœur, une fille dépourvue d'amour, [etc...], devais-je
m'abstenir, en réponse à cette aveugle rage, de rendre meurtre pour
meurtre...
   3. Neveux : descendants.
   4. Nouvelle allusion messianique (après les v. 133-137), c'est-à-dire
chrétienne bien plutôt que biblique.

Mais nous nous reverrons. Adieu, je sors contente.
J'ai voulu voir, j'ai vu.

ABNER, *à Josabet.*

Je vous l'avais promis,
Je vous rends le dépôt que vous m'avez commis.

SCÈNE VIII

JOAD, JOSABET, JOAS, ZACHARIE, ABNER,
SALOMITH, LÉVITES, LE CHŒUR

JOSABET, *à Joad.*

Avez-vous entendu cette superbe Reine,
Seigneur?　　　　　　　　　　　　　　740

JOAD

J'entendais tout, et plaignais votre peine.
Ces Lévites et moi prêts à vous secourir
Nous étions avec vous résolus de périr.
Que Dieu veille sur vous, *Enfant, dont le courage
Vient de rendre à son nom le noble témoignage.
Je reconnais[1], Abner, ce service important.　　745
Souvenez-vous de l'heure où Joad vous attend[2].
Et nous, dont cette Femme impie et meurtrière
A souillé les regards et troublé la prière,
Rentrons, et qu'un sang pur par mes mains épanché
Lave jusques au marbre où ses pas ont touché[3].　750

* à Joas, en l'embrassant
1. Reconnaître : manifester de la reconnaissance pour.
2. Voir le v. 155.
3. Allusion aux rites de purification par le sang décrits dans *Exode*,
XXIX, 10-21, *Lévitique*, IV, 23-35, XVI, 14-20, et *Nombres*, XIX, 1-4.

SCÈNE IX

LE CHŒUR

UNE DES FILLES DU CHŒUR

Quel astre à nos yeux vient de luire ?
Quel sera quelque jour cet Enfant merveilleux ?
 Il brave le faste orgueilleux,
 Et ne se laisse point séduire
755 À tous ses attraits périlleux.

UNE AUTRE

 Pendant que du Dieu d'Athalie
 Chacun court encenser l'autel,
 Un Enfant courageux publie
 Que Dieu lui seul est éternel,
760 Et parle comme un autre Élie
 Devant cette autre Jézabel[1].

UNE AUTRE

Qui nous révélera ta naissance secrète,
Cher Enfant ? Es-tu fils de quelque saint Prophète ?

UNE AUTRE

 Ainsi l'on vit l'aimable Samuel
765 Croître à l'ombre du Tabernacle[2].

1. Élie n'a jamais paru devant la mère d'Athalie : c'est devant son père, le roi Achab, époux de Jézabel, qu'il a « publié » la vérité de Dieu face aux quatre cent cinquante prophètes de Baal (*I Rois*, XVIII).
2. Samuel, dernier juge d'Israël, qui sacra successivement les deux premiers rois, Saül et David, avait été consacré à Dieu par sa mère, conformément au vœu qu'elle avait formulé lorsqu'elle était stérile : dès son plus jeune âge, il servit auprès du grand prêtre Héli ; et, selon la formule de Sacy qu'imite ici Racine, « l'enfant Samuel croissait devant le Seigneur » (*I Samuel*, II, 21).

Il devint des Hébreux l'espérance et l'oracle.
Puisses-tu, comme lui, consoler Israël!

UNE AUTRE chante.

Ô bienheureux mille fois
L'Enfant que le Seigneur aime,
Qui de bonne heure entend sa voix,   770
Et que ce Dieu daigne instruire lui-même!
Loin du monde élevé, de tous les dons des Cieux
Il est orné dès sa naissance,
Et du Méchant l'abord contagieux
N'altère point son innocence.   775

TOUT LE CHŒUR

Heureuse, heureuse l'enfance
Que le Seigneur instruit et prend sous sa défense!

LA MÊME VOIX SEULE

Tel en un secret vallon
Sur le bord d'une onde pure
Croît à l'abri de l'Aquilon   780
Un jeune lys, l'amour de la Nature.
Loin du monde élevé, de tous les dons des Cieux
Il est orné dès sa naissance,
Et du Méchant l'abord contagieux
N'altère point son innocence.   785

TOUT LE CHŒUR

Heureux, heureux mille fois
L'enfant que le Seigneur rend docile à ses lois!

UNE VOIX SEULE

Mon Dieu, qu'une vertu naissante
Parmi tant de périls marche à pas incertains!
Qu'une Âme qui te cherche, et veut être innocente,   790

Trouve d'obstacle à ses desseins!
Que d'Ennemis lui font la guerre!
Où se peuvent cacher tes Saints?
Les Pécheurs couvrent la terre.

UNE AUTRE

795 Ô Palais de David, et sa chère Cité[1],
Mont fameux, que Dieu même a longtemps habité[2],
Comment as-tu du Ciel attiré la colère?
Sion, chère Sion, que dis-tu quand tu vois
   Une impie Étrangère
800   Assise, hélas! au trône de tes Rois?

TOUT LE CHŒUR

Sion, chère Sion, que dis-tu quand tu vois
   Une impie Étrangère
  Assise, hélas! au trône de tes Rois?

LA MÊME VOIX continue.

  Au lieu des Cantiques charmants,
805 Où David t'exprimait ses saints ravissements,
Et bénissait son Dieu, son Seigneur, et son Père;
Sion, chère Sion, que dis-tu quand tu vois
  Louer le Dieu de l'impie Étrangère
Et blasphémer le nom qu'ont adoré tes Rois?

UNE VOIX SEULE

810 Combien de temps, Seigneur, combien de temps encore
Verrons-nous contre toi les Méchants s'élever[3]?

---

1. La Cité de David, c'est-à-dire Sion ou Jérusalem. Voir *II Samuel*, V, 7 : « David prit la forteresse de Sion, qui est appelée aujourd'hui la Ville de David » (trad. Sacy).
2. Imitation du *Psaume* LXVIII, 17 : « C'est une montagne fertile où il a plu à Dieu d'habiter » (trad. Sacy, avec la numérotation LXVII).
3. « Jusqu'à quand, Seigneur, les pécheurs, jusqu'à quand les pécheurs

Jusque dans ton saint Temple ils viennent te braver.
Ils traitent d'insensé le peuple qui t'adore.
Combien de temps, Seigneur, combien de temps encore
Verrons-nous contre toi les méchants s'élever ?   815

UNE AUTRE

Que vous sert, disent-ils, cette vertu sauvage ?
        De tant de plaisirs si doux
        Pourquoi fuyez-vous l'usage ?
    Votre Dieu ne fait rien pour vous.

UNE AUTRE

    Rions, chantons, dit cette Troupe impie,   820
    De fleurs en fleurs, de plaisirs en plaisirs
        Promenons nos désirs.
    Sur l'avenir, insensé qui se fie.
De nos ans passagers le nombre est incertain.
Hâtons-nous aujourd'hui de jouir de la vie,   825
        Qui sait si nous serons demain !

TOUT LE CHŒUR

Qu'ils pleurent, ô mon Dieu, qu'ils frémissent de crainte
    Ces Malheureux, qui de ta Cité sainte
    Ne verront point l'éternelle splendeur.
C'est à nous de chanter, nous, à qui tu révèles   830
        Tes clartés immortelles,
C'est à nous de chanter tes dons et ta grandeur.

UNE VOIX SEULE

De tous ces vains plaisirs où leur âme se plonge,
Que leur restera-t-il ? Ce qui reste d'un songe
        Dont on a reconnu l'erreur.   835

---

se glorifieront-ils avec insolence ? » (*Psaumes*, XCIV, 3 ; trad. Sacy avec la
numérotation XCIII).

À leur réveil, ô réveil plein d'horreur !
　　　Pendant que le pauvre à ta table
Goûtera de ta paix la douceur ineffable ;
Ils boiront dans la coupe affreuse, inépuisable,
840 Que tu présenteras au jour de ta fureur
　　　À toute la Race coupable[1].

　　　　　　TOUT LE CHŒUR

　　Ô réveil plein d'horreur !
　　Ô songe peu durable !
　　Ô dangereuse erreur !

---

1. Ce couplet semble inspiré par le chapitre XX du livre de *Job*, consa-cré au châtiment de l'impie qu'il subira jusque sur ses enfants «au jour de la fureur de Dieu» (28), lui-même s'évanouissant «comme un songe dont on a perdu le souvenir» (8). C'était un des thèmes principaux de la prédication chrétienne au xviie siècle. L'image de la coupe inépuisable tendue par Dieu aux impies semble empruntée au *Psaume* LXXV (LXXIV, 7-8 dans la *Vulgate*) qui roule sur le même thème.

ACTE III

SCÈNE PREMIÈRE

MATHAN, NABAL, LE CHŒUR

MATHAN

Jeunes Filles, allez. Qu'on dise à Josabet
Que Mathan veut ici lui parler en secret.

UNE DES FILLES DU CHŒUR

Mathan ! Ô Dieu du Ciel, puisses-tu le confondre.

NABAL

Hé quoi ? Tout se disperse et fuit sans vous répondre ?

MATHAN

Approchons.

SCÈNE II

ZACHARIE, MATHAN, NABAL

ZACHARIE

Téméraire où voulez-vous passer ?
850 Au-delà de ce lieu gardez-vous d'avancer.
C'est des Ministres saints la demeure sacrée.
Les lois à tout profane en défendent l'entrée.
Qui cherchez-vous ? Mon Père en ce jour solennel
De l'idolâtre impur fuit l'aspect criminel.
855 Et devant le Seigneur maintenant prosternée
Ma Mère en ce devoir craint d'être détournée.

MATHAN

Mon fils, nous attendrons, cessez de vous troubler.
C'est votre illustre Mère à qui je veux parler.
Je viens ici chargé d'un ordre de la Reine.

SCÈNE III

MATHAN, NABAL

NABAL

tee-hee

860 Leurs enfants ont déjà leur audace hautaine.
Mais que veut Athalie en cette occasion ?
D'où naît dans ses conseils cette confusion[1] ?
Par l'insolent Joad ce matin offensée,
Et d'un Enfant fatal en songe menacée,

1. Voir au v. 291 la note 2, p. 56.

Elle allait immoler Joad à son courroux,   *sacrifice*   865
Et dans ce Temple enfin placer Baal et vous.
Vous m'en aviez déjà confié votre joie,
Et j'espérais ma part d'une si riche proie.
Qui fait changer ainsi ses vœux irrésolus ?

MATHAN

Ami, depuis deux jours je ne la connais plus.   870
Ce n'est plus cette Reine éclairée, intrépide,
Élevée au-dessus de son sexe timide,
Qui d'abord accablait ses ennemis surpris,
Et d'un instant perdu connaissait tout le prix.
La peur d'un vain remords trouble cette grande âme,   875
Elle flotte, elle hésite, en un mot elle est femme[1].
J'avais tantôt rempli d'amertume et de fiel
Son cœur déjà saisi[2] des menaces du Ciel.
Elle-même à mes soins confiant sa vengeance
M'avait dit d'assembler sa garde en diligence[3].   880
Mais soit que cet Enfant devant elle amené,
De ses parents, dit-on, rebut infortuné,
Eût d'un songe effrayant diminué l'alarme,
Soit qu'elle eût même en lui vu je ne sais quel charme ;
J'ai trouvé son courroux chancelant, incertain,   885
Et déjà remettant sa vengeance à demain,
Tous ses projets semblaient l'un l'autre se détruire.
Du sort de cet Enfant je me suis fait instruire,

    1. Le mot n'est pas à prendre ici en un sens péjoratif, comme si Racine exprimait un sentiment de misogynie, mais en un sens purement rhétorique, la rhétorique définissant pour chaque sexe, âge, état, profession, etc., un type de caractère et de comportement : Athalie s'est dépouillée de son caractère de reine (« éclairée, intrépide ») et ne paraît plus agir que comme une femme, caractère traditionnellement défini comme « sexe timide » (v. 872 ; timide au sens de craintif).
    2. Déjà saisi de : déjà touché par (image médicale : « Saisir se dit des maladies qui attaquent un homme, qui le tourmentent, soit dans le corps, soit dans l'esprit », *Dictionnaire universel* de Furetière).
    3. En diligence : avec hâte, rapidement (voir aussi le v. 1346).

Ai-je dit. On commence à vanter ses aïeux.
890 Joad de temps en temps le montre aux factieux,
Le fait attendre aux Juifs comme un autre Moïse,
Et d'oracles menteurs s'appuie et s'autorise.
Ces mots ont fait monter la rougeur sur son front.
Jamais mensonge heureux n'eut un effet si prompt.
895   Est-ce à moi de languir dans cette incertitude,
Sortons, a-t-elle dit, sortons d'inquiétude.
Vous-même à Josabet prononcez cet arrêt.
Les feux vont s'allumer, et le fer est tout prêt.
Rien ne peut de leur Temple empêcher le ravage,
900 Si je n'ai de leur foi cet Enfant pour otage.

NABAL

Hé bien? Pour un Enfant qu'ils ne connaissent pas,
Que le hasard peut-être a jeté dans leurs bras,
Voudront-ils que leur Temple enseveli sous l'herbe…

MATHAN

Ah! de tous les mortels connais le plus superbe.
905 Plutôt que dans mes mains par Joad soit livré
Un Enfant qu'à son Dieu Joad a consacré,
Tu lui verras subir la mort la plus terrible.
D'ailleurs pour cet Enfant leur attache est visible.
Si j'ai bien de la Reine entendu le récit,
910 Joad sur sa naissance en sait plus qu'il ne dit.
Quel qu'il soit, je prévois qu'il leur sera funeste.
Ils le refuseront. Je prends sur moi le reste.
Et j'espère qu'enfin de ce Temple odieux
Et la flamme et le fer vont délivrer mes yeux.

NABAL

915 Qui peut vous inspirer une haine si forte?
Est-ce que de Baal le zèle vous transporte?

Pour moi, vous le savez, descendu d'Ismaël
Je ne sers ni Baal, ni le Dieu d'Israël[1].

MATHAN

Ami, peux-tu penser que d'un zèle frivole
Je me laisse aveugler pour une vaine Idole, 920
Pour un fragile bois, que malgré mon secours,
Les vers sur son autel consument tous les jours[2]?
Né Ministre du Dieu qu'en ce Temple on adore,
Peut-être que Mathan le servirait encore,
Si l'amour des grandeurs, la soif de commander 925
Avec son joug étroit pouvaient s'accommoder.

   Qu'est-il besoin, Nabal, qu'à tes yeux je rappelle[3]
De Joad et de moi la fameuse querelle,
Quand j'osai contre lui disputer l'encensoir,
Mes brigues, mes combats, mes pleurs, mon désespoir? 930
Vaincu par lui, j'entrai dans une autre carrière,
Et mon âme à la Cour s'attacha toute[4] entière.
J'approchai par degrés de l'oreille des Rois,
Et bientôt en oracle on érigea ma voix.
J'étudiai leur cœur, je flattai leurs caprices, 935

---

   1. Ismaël était le fils qu'Abraham avait eu de sa servante Agar, avant
que Sara n'enfante Isaac, et qu'il fit chasser avec sa mère alors qu'il était
encore enfant : c'est à la descendance d'Isaac seule que Dieu avait promis
son alliance éternelle, tout en assurant qu'Ismaël deviendrait le chef d'un
grand peuple (*Genèse*, XVII, 19-21 et XXI, 9-21). Les Ismaélites sont généralement assimilés aux Arabes. En tant qu'Ismaélite, Nabal est donc «idolâtre», sans pour autant adorer Baal, dieu d'origine tyrienne. Racine a
tracé à travers lui la pure figure de l'opportuniste, qui n'est animé d'aucun zèle religieux ni d'aucune soif de revanche et de vengeance, com-
plétant ainsi la palette des caractères masculins.
   2. Juif apostat (et même «prêtre sacrilège», I, 1 ; v. 35), Mathan
dénonce la vanité des idoles dans les termes mêmes des prophètes
hébreux (voir en particulier *Isaïe*, XLIV, 9-20).
   3. Tout ce «rappel» est de l'invention de Racine : Mathan n'est mentionné par les textes bibliques que comme «prêtre de Baal» (voir la
note 3, p. 39).
   4. Au XVIIᵉ siècle, tout était considéré comme un adjectif (et non
comme un adverbe) et s'accordait.

Je leur semai de fleurs le bord des précipices.
Près de leurs passions rien ne me fut sacré.
De mesure et de poids je changeais à leur gré.
Autant que de Joad l'inflexible rudesse
940 De leur superbe oreille offensait la mollesse,
Autant je les charmais par ma dextérité,
Dérobant à leurs yeux la triste Vérité,
Prêtant à leurs fureurs des couleurs favorables,
Et prodigue surtout du sang des Misérables.
945   Enfin au Dieu nouveau qu'elle avait introduit
Par les mains d'Athalie un Temple fut construit[1].
Jérusalem pleura de se voir profanée.
Des enfants de Lévi la troupe consternée
En poussa vers le Ciel des hurlements affreux.
950 Moi seul donnant l'exemple aux timides Hébreux,
Déserteur de leur Loi, j'approuvai l'entreprise
Et par là de Baal méritai la Prêtrise.
Par là je me rendis terrible à mon Rival,
Je ceignis la tiare[2], et marchai son égal.
955 Toutefois, je l'avoue, en ce comble de gloire
Du Dieu que j'ai quitté l'importune mémoire
Jette encore en mon âme un reste de terreur.
Et c'est ce qui redouble et nourrit ma fureur.
Heureux ! si sur son Temple achevant ma vengeance,
960 Je puis convaincre enfin sa haine d'impuissance,
Et parmi le débris[3], le ravage, et les morts,
À force d'attentats perdre tous mes remords.
Mais voici Josabet.

1. Sur cette précision, voir la Préface de Racine, p. 33, et la note 3.
2. La métrique exige de faire la diérèse sur ce mot (ti-are).
3. Le débris : la ruine (en général ; mais ici le mot peut désigner aussi les ruines du temple).

SCÈNE IV

JOSABET, MATHAN, NABAL

MATHAN

Envoyé par la Reine
Pour rétablir le calme et dissiper la haine,
Princesse, en qui le Ciel mit un esprit si doux,   965
Ne vous étonnez pas si je m'adresse à vous.
Un bruit, que j'ai pourtant soupçonné de mensonge,
Appuyant les avis qu'elle a reçus en songe,
Sur Joad accusé de dangereux complots
Allait de sa colère attirer tous les flots.   970
Je ne veux point ici vous vanter mes services.
De Joad contre moi je sais les injustices.
Mais il faut à l'offense opposer les bienfaits.
Enfin je viens chargé de paroles de paix.
Vivez, solennisez vos fêtes sans ombrage[1].   975
De votre obéissance elle ne veut qu'un gage.
C'est, pour l'en détourner j'ai fait ce que j'ai pu,
Cet Enfant sans parents, qu'elle dit qu'elle a vu.

JOSABET

Éliacin !

MATHAN

J'en ai pour elle quelque honte.
D'un vain songe peut-être elle fait trop de compte :   980
Mais vous vous déclarez ses mortels ennemis,
Si cet Enfant sur l'heure en mes mains n'est remis.
La Reine impatiente attend votre réponse.

---

1. Célébrez vos fêtes sans défiance.

JOSABET

Et voilà de sa part la paix qu'on nous annonce !

MATHAN

985 Pourriez-vous un moment douter de l'accepter ?
D'un peu de complaisance est-ce trop l'acheter ?

JOSABET

J'admirais si[1] Mathan dépouillant l'artifice
Avait pu de son cœur surmonter l'injustice,
Et si de tant de maux le funeste inventeur
990 De quelque ombre de bien pouvait être l'auteur.

MATHAN

De quoi vous plaignez-vous ? Vient-on avec furie
Arracher de vos bras votre fils Zacharie ?
Quel est cet autre Enfant si cher à votre amour ?
Ce grand attachement me surprend à mon tour.
995 Est-ce un trésor pour vous si précieux[2], si rare ?
Est-ce un libérateur que le Ciel vous prépare ?
Songez-y. Vos refus pourraient me confirmer
Un bruit sourd, que déjà l'on commence à semer.

JOSABET

Quel bruit ?

MATHAN

Que cet Enfant vient d'illustre origine,
1000 Qu'à quelque grand projet votre Époux le destine.

---

1. Admirer si : s'étonner de ce que.
2. Nouvelle diérèse : préci-eux. De même plus bas au v. 1027 (vi-olence)
et au v. 1098 (Azari-as).

JOSABET

Et Mathan par ce bruit qui flatte sa fureur…

MATHAN

Princesse, c'est à vous à me tirer d'erreur.
Je sais que du mensonge implacable ennemie
Josabet livrerait même sa propre vie,
S'il fallait que sa vie à sa sincérité   1005
Coûtât le moindre mot contre la vérité.
Du sort de cet Enfant on n'a donc nulle trace ?
Une profonde nuit enveloppe sa race ?
Et vous-même ignorez de quels parents issu,
De quelles mains Joad en ses bras l'a reçu ?   1010
Parlez, je vous écoute, et suis prêt de vous croire.
Au Dieu que vous servez, Princesse, rendez gloire[1].

JOSABET

Méchant, c'est bien à vous d'oser ainsi nommer
Un Dieu que votre bouche enseigne à blasphémer.
Sa vérité par vous peut-elle être attestée,   1015
Vous, Malheureux, assis dans la chaire empestée[2]
Où le mensonge règne et répand son poison,
Vous, nourri dans la fourbe et dans la trahison ?   *deceit*

---

1. Le dieu des juifs étant un dieu de vérité, Josabet ne pourra mieux
témoigner de sa foi en lui qu'en disant la vérité.
2. Racine reprend ici l'image du premier verset du *Psaume* I (« Heureux l'homme […] qui ne s'est point assis dans la chaire contagieuse des
libertins »), mais il semble suivre le texte latin qui donne *in cathedra pesti-
lentiae*, plutôt que la traduction de Sacy.

SCÈNE V

JOAD, JOSABET, MATHAN, NABAL

JOAD

Où suis-je ? De Baal ne vois-je pas le Prêtre ?
1020 Quoi, Fille de David, vous parlez à ce traître ?
Vous souffrez qu'il vous parle ? Et vous ne craignez pas
Que du fond de l'abîme entrouvert sous ses pas,
Il ne sorte à l'instant des feux qui vous embrasent,
Ou qu'en tombant sur lui ces murs ne vous écrasent ?
1025 Que veut-il ? De quel front cet ennemi de Dieu
Vient-il infecter l'air qu'on respire en ce lieu ?

MATHAN

On reconnaît Joad à cette violence.
Toutefois il devrait montrer plus de prudence,
Respecter une Reine, et ne pas outrager
1030 Celui, que de son ordre elle a daigné charger.

JOAD

Hé bien, que nous fait-elle annoncer de sinistre ?
Quel sera l'ordre affreux qu'apporte un tel Ministre ?

MATHAN

J'ai fait à Josabet savoir sa volonté.

JOAD

Sors donc de devant moi, Monstre d'impiété.
1035 De toutes tes horreurs, va, comble la mesure.
Dieu s'apprête à te joindre à la race parjure,
Abiron, et Dathan, Doeg, Achitophel[1].

---

1. Abiron et Dathan (ainsi que Coré, que Racine ne cite pas) se révoltèrent contre Moïse et Aaron dans le désert : avec leurs partisans, leurs

Les chiens, à qui son bras a livré Jézabel,
Attendant que sur toi sa fureur se déploie,
Déjà sont à ta porte et demandent leur proie.   1040

MATHAN[1]

Avant la fin du jour… on verra qui de nous…
Doit… Mais sortons, Nabal.

NABAL

                    Où vous égarez-vous ?
De vos sens étonnés quel désordre s'empare ?
Voilà votre chemin.

SCÈNE VI

JOAD, JOSABET

JOSABET

            L'orage se déclare.
Athalie en fureur demande Éliacin.   1045
Déjà de sa naissance et de votre dessein
On commence, Seigneur, à percer le mystère.
Peu s'en faut que Mathan ne m'ait nommé son père.

---

femmes et leurs enfants, ils furent engloutis au fond de la terre (*Nombres*,
XVI, 1-33). Doeg dénonça à Saül les prêtres qui avaient recueilli David,
et, sur l'ordre du roi, les fit tous périr, puis massacra tous les habitants de
la ville de Nobé, la ville des prêtres (*I Samuel*, XXII) ; dans le *Psaume* LII,
David lui promet le même châtiment divin que celui que subirent Abiron
et Dathan. Achitophel devint le conseiller d'Absalon lorsque celui-ci se
révolta contre son père David : s'étant offert de poursuivre David et de le
tuer, sa proposition ne fut pas écoutée ; il se retira chez lui et se pendit
(*II Samuel*, XVI-XVII).

1. Var   [en marge :] * *Il se trouble.*   1692-1697

JOAD

Au perfide Mathan qui l'aurait révélé ?
1050 Votre trouble à Mathan n'a-t-il point trop parlé[1] ?

JOSABET

J'ai fait ce que j'ai pu pour m'en rendre maîtresse.
Cependant, croyez-moi, Seigneur, le péril presse.
Réservons cet Enfant pour un temps plus heureux.
Tandis que les Méchants délibèrent entre eux,
1055 Avant qu'on l'environne, avant qu'on nous l'arrache,
Une seconde fois souffrez que je le cache.
Les portes, les chemins lui sont encore ouverts.
Faut-il le transporter aux plus affreux déserts ?
Je suis prête. Je sais une secrète issue
1060 Par où, sans qu'on le voie, et sans être aperçue,
De Cédron avec lui traversant le torrent,
J'irai dans le désert, où jadis en pleurant,
Et cherchant comme nous son salut dans la fuite,
David d'un Fils rebelle évita la poursuite[2].
1065 Je craindrai moins pour lui les lions, et les ours…
Mais pourquoi de Jéhu refuser le secours ?
Je vous ouvre peut-être un avis salutaire.
Faisons de ce trésor Jéhu dépositaire.
On peut dans ses États le conduire aujourd'hui,
1070 Et le chemin est court qui mène jusqu'à lui[3].

---

1. L'idée de faire exprimer ce soupçon par Joad contre sa propre
femme vient probablement d'*Héraclius* de Corneille (sur *Héraclius* comme
modèle d'*Athalie*, voir la Préface, p. 10) : de la même manière Léontine,
en apprenant que le bruit de la survie du fils du roi légitime, qu'elle
tenait secrète depuis vingt ans, s'était répandu dans Constantinople,
accusait sa propre fille de n'avoir pas tenu sa langue (II, 1). Faux soupçon
ici comme là, le bruit ayant été répandu dans les deux cas par des personnages qui ignorent tout de la vérité.
2. Sur la fuite de David dans le désert lors de la révolte d'Absalon, voir
II Samuel, XV, 23.
3. Un petit nombre de kilomètres séparaient Jérusalem de la frontière
du royaume d'Israël sur lequel régnait Jéhu.

Jéhu n'a point un cœur farouche, inexorable,
De David à ses yeux le nom est favorable[1].
Hélas! Est-il un Roi si dur et si cruel,
À moins qu'il n'eût pour mère une autre Jézabel,
Qui d'un tel Suppliant ne plaignît l'infortune?   1075
Sa cause à tous les Rois n'est-elle pas commune?

JOAD

Quels timides conseils m'osez-vous suggérer?
En l'appui de Jéhu pourriez-vous espérer?

JOSABET

Dieu défend-il tout soin et toute prévoyance?
Ne l'offense-t-on point par trop de confiance?   1080
À ses desseins sacrés employant les Humains
N'a-t-il pas de Jéhu lui-même armé les mains[2]?

JOAD

Jéhu qu'avait choisi sa sagesse profonde,
Jéhu, sur qui je vois que votre espoir se fonde,
D'un oubli trop ingrat a payé ses bienfaits.   1085
Jéhu laisse d'Achab l'affreuse Fille en paix,
Suit des Rois d'Israël les profanes exemples,
Du vil Dieu de l'Égypte[3] a conservé les Temples.
Jéhu sur les hauts Lieux enfin osant offrir
Un téméraire encens que Dieu ne peut souffrir,   1090

1. Favorable à ses yeux : en faveur auprès de lui, estimé par lui.
2. C'est sur la foi d'un prophète envoyé par Dieu que Jéhu décida de
se révolter (*II Rois*, IX, 1-10).
3. Il s'agit du veau d'or (qualifié aussi de «Dieu du Nil» au v. 1363) :
le culte du veau d'or est dérivé du culte égyptien du taureau Apis. Selon
I Rois, XII, 26-33, Jéroboam, après avoir été choisi roi d'Israël par les dix
tribus qui s'étaient révoltées contre Roboam, craignit que le peuple, s'il
continuait à aller prier à Jérusalem, ne revînt dans le giron de Roboam :
aussi établit-il deux veaux d'or sur les «hauts Lieux» de Béthel et de Dan
et y fit-il construire des «Temples»; c'est lui qui le premier, sur le haut lieu
de Béthel, «monta à l'autel pour offrir de l'encens» (XII, 33; trad. Sacy).

N'a pour servir sa cause et venger ses injures,
Ni le cœur assez droit, ni les mains assez pures[1].
Non, non, c'est à Dieu seul qu'il nous faut attacher.
Montrons Éliacin, et loin de le cacher,
1095 Que du bandeau royal sa tête soit ornée.
Je veux même avancer l'heure déterminée,
Avant que de Mathan le complot soit formé.

SCÈNE VII

JOAD, JOSABET, AZARIAS *suivi du Chœur*
et de plusieurs Lévites.

JOAD

Hé bien, Azarias, le Temple est-il fermé ?

AZARIAS

J'en ai fait devant moi fermer toutes les portes.

JOAD

1100 N'y reste-t-il que vous, et vos saintes Cohortes ?

AZARIAS

De ses parvis sacrés j'ai deux fois fait le tour.
Tout a fui. Tous se sont séparés sans retour,
Misérable troupeau, qu'a dispersé la crainte,
Et Dieu n'est plus servi que dans la Tribu sainte[2].

---

1. Voir *II Rois*, X, 28-29 : «Ainsi Jéhu extermina Baal d'Israël. / Mais il ne se retira point des péchés de Jéroboam, fils de Nabat, qui avait fait pécher Israël, et il ne quitta point les veaux d'or qui étaient à Béthel et à Dan » ; voir aussi X, 31 : «Cependant Jéhu n'eut pas soin de marcher de tout son cœur dans la loi du Seigneur le Dieu d'Israël, et il ne se retira point des péchés de Jéroboam qui avait fait pécher Israël» (trad. Sacy).
2. Celle des Lévites.

Depuis qu'à Pharaon ce peuple est échappé,   1105
Une égale terreur ne l'avait point frappé[1].

JOAD

Peuple lâche en effet, et né pour l'esclavage,
Hardi contre Dieu seul ! Poursuivons notre ouvrage.
Mais qui retient encor ces Enfants parmi nous ?

UNE DES FILLES DU CHŒUR

Hé ! pourrions-nous, Seigneur, nous séparer de vous ?   1110
Dans le Temple de Dieu sommes-nous étrangères ?
Vous avez près de vous nos pères, et nos frères.

UNE AUTRE

Hélas ! si pour venger l'opprobre d'Israël
Nos mains ne peuvent pas, comme autrefois Jahel[2],
Des ennemis de Dieu percer la tête impie ;   1115
Nous lui pouvons du moins immoler notre vie.
Quand vos bras combattront pour son Temple attaqué,
Par nos larmes du moins il peut être invoqué.

JOAD

Voilà donc quels vengeurs s'arment pour ta querelle,
Des Prêtres, des Enfants, ô Sagesse éternelle !   1120
Mais si tu les soutiens, qui peut les ébranler ?

1. Allusion à la frayeur qui saisit les Hébreux lorsque parvenus au bord de la mer Rouge ils virent arriver Pharaon et toute son armée à leur poursuite (*Exode*, XIV, 10).
2. Les éditions de 1692 et 1697 font précéder *Jahel* d'une astérisque et ajoutent en marge : * *Jug.* c. 4. C'est en effet au chapitre IV du livre des *Juges* qu'est raconté comment, lorsque la prophétesse Déborah incita les Hébreux à se révolter contre l'oppression des Chananéens, Sésira, général des Chananéens, vaincu et en fuite, fut tué par une femme (Jahel) qui l'avait recueilli dans sa tente et avait fait mine de le cacher : l'ayant couvert de son manteau, elle s'arma d'un marteau et d'un des longs clous qui retenaient sa tente et lui transperça la tempe (IV, 17-22).

Du tombeau quand tu veux tu sais nous rappeler.
Tu frappes, et guéris. Tu perds, et ressuscites[1].
Ils ne s'assurent point en leurs propres mérites,
1125 Mais en ton nom sur eux invoqué tant de fois,
En tes serments jurés au plus saint de leurs Rois[2],
En ce Temple où tu fais ta demeure sacrée,
Et qui doit du Soleil égaler la durée[3].
Mais d'où vient que mon cœur frémit d'un saint effroi ?
1130 Est-ce l'Esprit divin qui s'empare de moi ?
C'est lui-même. Il m'échauffe. Il parle. Mes yeux
                                            [s'ouvrent[4],
Et les siècles obscurs devant moi se découvrent.
Lévites, de vos sons prêtez-moi les accords[5],
Et de ses mouvements secondez les transports[6].

                    LE CHŒUR *chante au son*
              de toute la symphonie des instruments.

1135   Que du Seigneur la voix se fasse entendre,
          Et qu'à nos cœurs son Oracle divin

---

1. Lieux communs de la toute-puissance divine que l'on rencontre en
de nombreux passages de la Bible : voir (trad. Sacy) *Deutéronome*, XXXII,
39 («C'est moi qui fait mourir et c'est moi qui fait vivre ; c'est moi qui
blesse et c'est moi qui guéris»), *I Samuel*, II, 6 («C'est le Seigneur qui ôte
et qui donne la vie, qui conduit aux enfers et qui en retire»), ou encore
Job, V, 18 («Car s'il fait du mal, il donne le remède ; et si sa main vous
blesse, sa main vous guérit»).
2. David. Sur ces «serments», voir plus haut le v. 129 et la note.
3. Combinaison d'un passage des *Chroniques* (*II Chr.*, XXXIII, 7 :
«Dans cette demeure et dans Jérusalem j'établirai mon nom pour l'éter-
nité») et d'un verset des *Psaumes* (LXXXIX, 37 : «Et son trône [de
David] sera éternel en ma présence comme le soleil» ; trad. Sacy avec la
numérotation LXXXVIII, 36).
4. Formule empruntée aux prophéties de Balaam qui, lorsque l'esprit
de Dieu s'emparait de lui, s'écriait : «Voici ce que dit Balaam [...] qui se
prosterne et dont les yeux s'ouvrent» (*Nombres*, XXIV, 4).
5. Sur cette prophétie au son de la musique, voir la fin de la Préface de
Racine, p. 38.
6. Transport : égarement de l'esprit, fureur (ici au sens positif de
fureur sainte, puisque c'est «l'esprit divin» qui inspire Joad). Pour le sens
moins fort de «marque d'émotion», voir le v. 1525.

Soit ce qu'à l'herbe tendre
Est au printemps la fraîcheur du matin[1].

JOAD

Cieux, écoutez ma voix. Terre, prête l'oreille[2].
Ne dis plus, ô Jacob, que ton Seigneur sommeille.   1140
Pécheurs disparaissez, le Seigneur se réveille[3].

*Ici recommence la symphonie, et Joad aussitôt
reprend la parole.*

Comment en un plomb vil *l'or pur s'est-il changé[4]?

---

* *Joas.*

1. Imitation du cantique de Moïse dans *Deutéronome*, XXXII, 2 : «Que
mes paroles se répandent comme la rosée, comme la pluie qui se répand
sur les plantes et comme les gouttes de l'eau du ciel qui tombent sur
l'herbe qui ne commence qu'à pousser» (trad. Sacy).

2. Racine a pu trouver dans le verset immédiatement précédent
(XXXII, 1) : «Cieux, écoutez ce que je vais dire : que la terre entende les
paroles de ma bouche» (trad. Sacy), mais il imite en fait le commencement
d'*Isaïe* (I, 2) : «Cieux, écoutez et toi, terre, prête l'oreille» (trad. Sacy).

3. Plusieurs Psaumes demandent à Dieu pourquoi il sommeille et l'in-
vitent à se réveiller (voir en particulier XLIV, 24) ; l'idée est combinée
avec un passage du *Psaume* CIV, 35 : «Que les pécheurs disparaissent de
la terre.»

4. Allusions successives à la transformation de Joas, qui abandonnera
la loi de Dieu et fera lapider Zacharie, à la destruction du temple, puis à
la venue du Christ. Sur ces prédictions de Joad, voir la fin de la Préface
de Racine. Le premier vers est une imitation d'un verset des *Lamentations
de Jérémie* : «Comment l'or s'est-il obscurci?» (IV, 1). Racine précise en
note que ce vers vise Joas et qu'il doit être pris en un sens allégorique.
— Le passage a été souvent controversé, en particulier dans les *Sentiments
de l'Académie* (rédigés vers 1730, publiés par La Harpe en 1807) : «La plupart ont dit que l'auteur détruit ici l'intérêt pour Joas, en prévenant sans
nécessité les auditeurs que Joas doit un jour faire égorger le fils de son
bienfaiteur. Plusieurs ont voulu excuser cet endroit comme langage prophétique qui ne fait pas naître une idée distincte. Les critiques ont
répondu que, si le discours du grand prêtre ne porte aucune idée, il est
inutile ; s'il présente quelque chose de réel, comme on n'en peut douter
par les notes de l'auteur, il détruit l'intérêt.» Mais d'Alembert a su
répondre à cette critique : «Les autres ont répliqué que l'intérêt principal de la pièce ne porte point sur Joas, mais sur l'accomplissement des
promesses de Dieu en faveur de la race de David» (note marginale aux
Sentiments de l'Académie).

Quel est dans le Lieu saint *ce Pontife égorgé[1]?
Pleure, Jérusalem, pleure, Cité perfide[2],
1145 Des Prophètes divins malheureuse homicide[3].
De son amour pour toi ton Dieu s'est dépouillé.
Ton encens à ses yeux est un encens souillé[4].
    **Où menez-vous ces enfants, et ces femmes?
Le Seigneur a détruit la Reine des Cités[5].
1150 Ses Prêtres sont captifs, ses Rois sont rejetés.
Dieu ne veut plus qu'on vienne à ses solennités.
Temple renverse-toi. Cèdres jetez des flammes[6].
    Jérusalem, objet de ma douleur,
Quelle main en un[7] jour t'a ravi tous tes charmes?

---

* *Zacharie.*
** *Captivité de Babylone.*

1. Pour la mort de Zacharie, lapidé par le peuple sur l'ordre de Joas dans le vestibule du temple, voir *II Chr.*, XXIV, 20-22.

2. *Var* perfide!   1697

3. Ces deux vers combinent une imitation du premier chapitre des *Lamentations de Jérémie* (I, 4 : « Les rues de Sion pleurent » ; I, 11 : « Tout son peuple est dans les gémissements » ; I, 16 : « C'est pour cela que je [c'est Jérusalem qui parle] fonds en pleurs, et que mes yeux répandent des ruisseaux de larmes ») et une imitation de l'*Évangile selon saint Matthieu* (XXIII, 37) : « Jérusalem, Jérusalem, qui tues les prophètes, et qui lapides ceux qui sont envoyés vers toi [...] ». Deux versets plus haut, Jésus venait de menacer « les scribes et les pharisiens hypocrites » « de tout le sang innocent qui a été répandu sur la terre [...] » depuis le sang d'Abel le juste, *jusqu'au sang de Zacharie, fils de Barachie, que vous avez tué entre le temple et l'autel* » (XXIII, 35 ; trad. Sacy ; nous soulignons).

4. Nouvelle imitation du premier chapitre d'*Isaïe* où est décrite la colère de Dieu contre l'ingratitude de son peuple : « L'encens m'est en abomination » (I, 13). Le verset suivant est imité quatre vers plus bas : « Je hais vos solennités des premiers jours des mois et toutes les autres » (*Isaïe*, I, 14 ; trad. Sacy).

5. Voir *Lamentations de Jérémie*, II, 1-3 où est déplorée la destruction de Jérusalem par le Seigneur.

6. Le temple bâti par Salomon était entièrement lambrissé de cèdre du Liban (voir *I Rois*, VI, 9-10 et 15-18). L'image du « renversement » du temple et de la destruction par le feu vient encore des *Lamentations de Jérémie*, II, 3-6.

7. *Var* ce   1697

Qui changera mes yeux en deux sources de larmes 1155
   Pour pleurer ton malheur[1] ?

AZARIAS

Ô saint Temple !

JOSABET

  Ô David !

LE CHŒUR

     Dieu de Sion, rappelle,
Rappelle en sa faveur tes antiques bontés.

*La symphonie recommence encore, et Joad un
moment après l'interrompt.*

JOAD

  Quelle *Jérusalem nouvelle[2]
Sort du fond du désert brillante de clartés, 1160
Et porte sur le front une marque immortelle ?
  Peuples de la terre, chantez.
Jérusalem renaît plus charmante, et plus belle.
  D'où lui viennent de tous côtés
Ces **enfants qu'en son sein elle n'a point portés ? 1165

---

 * *L'Église.*
 ** *Les Gentils*[3].
 1. « Qui donnera de l'eau à ma tête et à mes yeux une fontaine de larmes pour pleurer jour et nuit les enfants de la fille de mon peuple qui ont été tués ? » (*Jérémie*, IX, 1 ; trad. Sacy).
 2. L'image de la nouvelle Jérusalem représentant l'Église chrétienne vient de l'*Apocalypse de saint Jean*, XXI, 2 : « Et moi Jean, je vis la ville sainte, la nouvelle Jérusalem, qui venait de Dieu, descendait du ciel, étant parée comme une épouse qui se pare pour son époux » (trad. Sacy). Racine a combiné cette image avec, au vers suivant, celle de l'épouse chantée dans le *Cantique des cantiques* (que la tradition chrétienne interprète allégoriquement) : « Qui est celle-ci qui s'élève du désert comme une fumée qui monte des parfums de myrrhe, d'encens et de toutes sortes de poudres de senteur ? » (III, 6 ; trad. Sacy).
 3. Les gentils : tous ceux qui ne sont pas juifs (plus tard, les chrétiens qualifieront ainsi tous les païens).

haughty

Lève, Jérusalem, lève ta tête altière.
Regarde tous ces Rois de ta gloire étonnés.
Les Rois des Nations devant toi prosternés
          De tes pieds baisent la poussière.
1170 Les peuples à l'envi marchent à ta lumière[1].
Heureux ! qui pour Sion d'une sainte ferveur
          Sentira son âme embrasée.
          Cieux, répandez votre rosée,
Et que la Terre enfante son Sauveur[2].

JOSABET

1175 Hélas ! d'où nous viendra cette insigne faveur,
Si les Rois de qui doit descendre ce Sauveur…

JOAD

Préparez, Josabet, le riche diadème,
Que sur son front sacré David porta lui-même.
Et *vous, pour vous armer, suivez-moi dans ces lieux
1180 Où se garde caché[3], loin des profanes yeux,
Ce formidable amas de lances et d'épées,
Qui du sang Philistin jadis furent trempées,
Et que David vainqueur, d'ans et d'honneurs chargé,
Fit consacrer au Dieu qui l'avait protégé.

---

* *aux Lévites.*
  1. Ces sept vers sont imités d'*Isaïe*, XLIX et LX (trad. Sacy) : «Qui m'a
engendré ces enfants, moi qui étais stérile et n'enfantais point ? [...] Qui
a nourri tous ces enfants ? [...] et d'où sont-ils venus ? » (XLIX, 21) ;
«Levez-vous, Jérusalem, recevez la lumière. [...] Levez vos yeux et regar-
dez autour de vous» (LX, 1 et 4) ; «Les rois [...] vous adoreront en bais-
sant le visage contre terre, et ils baiseront la poussière de vos pieds»
(XLIX, 23) ; «Les nations marcheront à la faveur de votre lumière»
(LX, 3).
  2. «Cieux, envoyez d'en haut votre rosée, et que les nuées fassent descendre le juste comme une pluie ; que la terre s'ouvre et qu'elle germe le
Sauveur» (*Isaïe*, XLV, 8 ; trad. Sacy).
  3. Où l'on conserve caché.

Peut-on les employer pour un plus noble usage ?   1185
Venez, je veux moi-même en faire le partage[1].

SCÈNE VIII

SALOMITH, LE CHŒUR

SALOMITH

Que de craintes, mes Sœurs, que de troubles mortels !
        Dieu tout-puissant, sont-ce là les prémices,
            Les parfums, et les sacrifices
Qu'on devait en ce jour offrir sur tes autels ?   1190

UNE FILLE DU CHŒUR

            Quel spectacle à nos yeux timides ?
            Qui l'eût cru qu'on dût voir jamais
Les glaives meurtriers, les lances homicides
            Briller dans la Maison de paix ?

UNE AUTRE

D'où vient que pour son Dieu pleine d'indifférence,   1195
Jérusalem se tait en ce pressant danger ?
        D'où vient, mes sœurs, que pour nous protéger,
Le brave Abner au moins ne rompt pas le silence ?

SALOMITH

Hélas ! dans une Cour, où l'on n'a d'autres lois
            Que la force et la violence,   1200
            Où les honneurs et les emplois
Sont le prix d'une aveugle et basse obéissance,

---

1. « Le grand prêtre Joïada donna à tous les centeniers les lances et les
boucliers, grands et petits, du roi David, qu'il avait consacrés dans la maison du Seigneur » (*II Chr.*, XXIII, 9 ; trad. Sacy).

Ma sœur, pour la triste innocence,
Qui voudrait élever sa voix ?

UNE AUTRE

1205 Dans ce péril, dans ce désordre extrême,
Pour qui prépare-t-on le sacré diadème ?

SALOMITH

Le Seigneur a daigné parler.
Mais ce qu'à son Prophète il vient de révéler
Qui pourra nous le faire entendre ?
1210 S'arme-t-il pour nous défendre ?
S'arme-t-il pour nous accabler ?

TOUT LE CHŒUR *chante.*

Ô promesse ! ô menace ! ô ténébreux mystère !
Que de maux, que de biens sont prédits tour à tour !
Comment peut-on avec tant de colère,
1215 Accorder tant d'amour ?

UNE VOIX SEULE

Sion ne sera plus. Une flamme cruelle
Détruira tous ses ornements.

UNE AUTRE VOIX

Dieu protège Sion. Elle a pour fondements
Sa parole éternelle.

LA PREMIÈRE

1220 Je vois tout son éclat disparaître à mes yeux.

LA SECONDE

Je vois de toutes parts sa clarté répandue.

LA PREMIÈRE

Dans un gouffre profond Sion est descendue.

LA SECONDE

Sion a son front dans les Cieux.

LA PREMIÈRE

Quel triste abaissement !

LA SECONDE

Quelle immortelle gloire !

LA PREMIÈRE

Que de cris de douleur !   1225

LA SECONDE

Que de chants de victoire !

UNE TROISIÈME

Cessons de nous troubler. Notre Dieu quelque jour
          Dévoilera ce grand mystère[1].

TOUTES TROIS

Révérons sa colère.
Espérons en son amour.

UNE AUTRE

D'un cœur qui t'aime,   1230
Mon Dieu, qui peut troubler la paix ?
Il cherche en tout ta volonté suprême,
Et ne se cherche jamais.

---

1. « Dévoiler le grand mystère », c'est pour un chrétien annoncer la naissance du Christ.

Sur la terre, dans le Ciel même,
1235 Est-il d'autre bonheur que la tranquille paix
D'un cœur qui t'aime?

ACTE IV

SCÈNE PREMIÈRE

JOAS, JOSABET, ZACHARIE, SALOMITH,
UN LÉVITE, LE CHŒUR

SALOMITH

D'un pas majestueux à côté de ma Mère
Le jeune Éliacin s'avance avec mon Frère.
Dans ces voiles[1], mes Sœurs, que portent-ils tous
[deux?
Quel est ce glaive enfin qui marche devant eux? 1240

JOSABET, *à Zacharie.*

Mon fils, avec respect posez sur cette table
De notre sainte Loi le Livre redoutable.
Et vous aussi posez, aimable Éliacin,
Cet auguste Bandeau[2] près du Livre divin.

---

1. On applique souvent à ce passage une remarque de Racine dans ses *Notes manuscrites sur Athalie*: «Lévites voilés dans le temple, à cause de la majesté» (*Œuvres complètes*, Pléiade, vol. I, p. 1088); ce qui signifierait que Zacharie et Joas marchent la tête voilée.
2. C'est-à-dire le «riche diadème» de David que Joad avait demandé à Josabet de préparer (III, 7; v. 1177).

1245 Lévite, il faut placer, Joad ainsi l'ordonne,
Le glaive de David auprès de sa couronne.

JOAS

Princesse, quel est donc ce spectacle nouveau ?
Pourquoi ce Livre saint, ce glaive, ce bandeau ?
Depuis que le Seigneur m'a reçu dans son Temple,
1250 D'un semblable appareil[1] je n'ai point vu d'exemple.

JOSABET

Tous vos doutes, mon fils, bientôt s'éclairciront.

JOAS

Vous voulez essayer ce bandeau sur mon front ?
Ah Princesse ! Gardez d'en profaner la gloire.
Du Roi qui l'a porté respectez la mémoire.
1255 Un malheureux Enfant aux Ours abandonné...

JOSABET, *lui essayant le Diadème.*

Laissez, mon fils, je fais ce qui m'est ordonné.

JOAS

Mais j'entends les sanglots sortir de votre bouche !
Princesse, vous pleurez ! Quelle pitié vous touche ?
Est-ce qu'en holocauste aujourd'hui présenté
1260 Je dois, comme autrefois la fille de Jephté,
Du Seigneur par ma mort apaiser la colère[2] ?
Hélas, un fils n'a rien qui ne soit à son père.

---

1. Appareil : préparatifs solennels.
2. Jephté avait fait vœu, si Dieu lui permettait de vaincre les Ammonites, de sacrifier la première personne qui sortirait de sa maison à son retour : ce fut sa fille (*Juges*, XI, 30-40).

JOSABET

Voici qui vous dira les volontés des cieux.
Ne craignez rien. Et nous, sortons tous de ces lieux.

SCÈNE II

JOAD, JOAS

JOAS, *courant dans les bras du grand Prêtre.*

Mon père !   1265

JOAD

Hé bien, mon fils ?

JOAS

Qu'est-ce donc qu'on prépare ?

JOAD

Il est juste, mon fils, que je vous le déclare.
Il faut que vous soyez instruit, même avant tous,
Des grands desseins de Dieu sur son peuple, et sur
                                                  [vous.
Armez-vous d'un courage et d'une foi nouvelle.
Il est temps de montrer cette ardeur et ce zèle,   1270
Qu'au fond de votre cœur mes soins ont cultivés,
Et de payer à Dieu ce que vous lui devez.
Sentez-vous cette noble et généreuse envie ?

JOAS

Je me sens prêt, s'il veut, de lui donner ma vie.

JOAD

On vous a lu souvent l'histoire de nos Rois.   1275

Vous souvient-il, mon fils, quelles étroites lois
Doit s'imposer un Roi digne du diadème ?

JOAS

Un Roi sage, ainsi Dieu l'a *prononcé lui-même,
Sur la richesse et l'or ne met point son appui,
1280 Craint le Seigneur son Dieu, sans cesse a devant lui
Ses préceptes, ses lois, ses jugements sévères,
Et d'injustes fardeaux n'accable point ses frères[1].

JOAD

Mais sur l'un de ces Rois s'il fallait vous régler,
À qui choisiriez-vous, mon fils, de ressembler ?

JOAS

1285 David, pour le Seigneur plein d'un amour fidèle,
Me paraît des grands Rois le plus parfait modèle.

JOAD

Ainsi dans leurs excès vous n'imiteriez pas
L'infidèle Joram, l'impie Ochosias[2].

JOAS

Ô mon père !

JOAD

Achevez, dites, que vous en semble ?

---

* *Deuteron. c. 17.*

1. Comme l'indique la note de Racine, la réponse de Joas condense les versets 17-20 du chap. XVII du *Deutéronome.*

2. Le choix de ces deux noms n'est pas anodin : Joram, époux d'Athalie, et Ochosias, leur fils, étaient respectivement le grand-père et le père de Joas ; tous deux adoraient Baal, ce qui leur vaut les qualificatifs d'« infidèle » et d'« impie ».

JOAS

Puisse périr comme eux quiconque leur ressemble. — *ouch*   1290
Mon père, en quel état vous vois-je devant moi ?

JOAD, *se prosternant à ses pieds.*

Je vous rends le respect, que je dois à mon Roi.
De votre aïeul David, Joas, rendez-vous digne[1].

JOAS

Joas ? Moi ?

JOAD

Vous saurez par quelle grâce insigne,
D'une Mère en fureur Dieu trompant le dessein,   1295
Quand déjà son poignard était dans votre sein,
Vous choisit, vous sauva du milieu du carnage.
Vous n'êtes pas encore échappé de sa rage.
Avec la même ardeur qu'elle voulut jadis
Perdre en vous le dernier des Enfants de son Fils,   1300
À vous faire périr sa cruauté s'attache,
Et vous poursuit encor sous le nom qui vous cache.
Mais sous vos étendards j'ai déjà su ranger   *standards*
Un peuple obéissant et prompt à vous venger[2].
Entrez, généreux[3] Chefs des Familles sacrées,   1305
Du ministère saint tour à tour honorées[4].

1. Racine semble suivre ici le cérémonial du couronnement des rois de France, tel qu'il est relaté dans l'ouvrage de Pierre David, *Cérémonies pratiquées pour le sacre*, publié à Paris en 1654. L'archevêque de Reims soumettait le roi à un interrogatoire sur ses devoirs, puis ôtait sa mitre et faisait une grande révérence avant de proclamer : *Vivat Rex in aeternum.*
2. Le peuple des lévites. Prompt à vous venger : tout prêt à vous venger sur-le-champ.
3. Généreux : « qui a l'âme grande et noble » (Dictionnaire universel de Furetière) ; voir aussi le v. 1566.
4. Les lévites assuraient leur service selon une rotation hebdomadaire,   *weekly* comme le rappelle Racine au deuxième paragraphe de sa préface (p. 32).

SCÈNE III

JOAS, JOAD, AZARIAS, ISMAËL, *et les trois
autres Chefs des Lévites*

JOAD *continue.*

Roi, voilà vos Vengeurs contre vos ennemis.
Prêtres, voilà le Roi que je vous ai promis[1].

AZARIAS

Quoi c'est Éliacin ?

ISMAËL

Quoi cet Enfant aimable...

JOAD

1310 Est des Rois de Juda l'héritier véritable,
Dernier-né des Enfants du triste Ochosias,
Nourri, vous le savez, sous le nom de Joas.
De cette fleur si tendre et sitôt moissonnée
Tout Juda, comme vous, plaignant la destinée,
1315 Avec ses Frères morts le crut enveloppé[2].
Du perfide couteau comme eux il fut frappé.
Mais Dieu du coup mortel sut détourner l'atteinte,
Conserva dans son cœur la chaleur presque éteinte,
Permit que des bourreaux trompant l'œil vigilant
1320 Josabet dans son sein l'emportât tout sanglant,

1. Ayant assemblé dans le temple les lévites de toutes les villes de Juda et les chefs de toutes les villes d'Israël, «Joïada leur dit : Voilà le fils du roi, c'est lui qui doit régner, selon ce que le Seigneur a prononcé en faveur de tous les descendants de David» (*II Chr.*, XXIII, 3 ; trad. Sacy).
2. Comprendre : le crut pris par la mort en même temps que ses frères («ses frères morts» est une hypallage, figure de rhétorique fréquente chez Racine).

Et n'ayant de son vol que moi seul pour complice,
Dans le Temple cachât l'Enfant et la Nourrice.

JOAS

Hélas ! de tant d'amour et de tant de bienfaits,
Mon père, quel moyen de m'acquitter jamais ?

JOAD

Gardez pour d'autres temps cette reconnaissance.   1325
   Voilà donc votre Roi, votre unique espérance.
J'ai pris soin jusqu'ici de vous le conserver.
Ministres du Seigneur, c'est à vous d'achever.
Bientôt de Jézabel la Fille meurtrière
Instruite que Joas voit encor la lumière,   1330
Dans l'horreur du tombeau viendra le replonger.
Déjà sans le connaître elle veut l'égorger.
Prêtres saints, c'est à vous de prévenir[1] sa rage.
Il faut finir des Juifs le honteux esclavage,
Venger vos Princes morts, relever votre Loi,   1335
Et faire aux deux Tribus[2] reconnaître leur Roi.
L'entreprise sans doute est grande et périlleuse.
J'attaque sur son trône une Reine orgueilleuse,
Qui voit sous ses drapeaux marcher un camp nombreux
De hardis Étrangers, d'infidèles Hébreux.   1340
Mais ma force est au Dieu, dont l'intérêt me guide.
Songez qu'en cet Enfant tout Israël réside.
Déjà ce Dieu vengeur commence à la troubler.
Déjà trompant ses soins j'ai su vous rassembler.
Elle nous croit ici sans armes, sans défense.   1345
Couronnons, proclamons Joas en diligence.
De là, du nouveau Prince intrépides soldats,

---

1. Prévenir : devancer.
2. Les tribus de Juda et de Benjamin qui formaient le royaume de Juda : voir la première phrase de la Préface de Racine.

Marchons, en invoquant l'Arbitre des combats,
Et réveillant la foi dans les cœurs endormie,
1350 Jusque dans son Palais cherchons notre Ennemie.
     Et quels cœurs si plongés[1] dans un lâche sommeil,
Nous voyant avancer dans ce saint appareil[2],
Ne s'empresseront pas à suivre notre exemple?
Un Roi, que Dieu lui-même a nourri dans son Temple,
1355 Le successeur d'Aaron de ses Prêtres suivi,
Conduisant au combat les Enfants de Lévi,
Et dans ces mêmes mains des peuples révérées,
Les armes au Seigneur par David consacrées[3]?
Dieu sur ses ennemis répandra sa terreur.
1360 Dans l'infidèle sang baignez-vous sans horreur.
Frappez et Tyriens, et même Israélites.
Ne descendez-vous pas de ces fameux Lévites,
Qui lorsqu'au Dieu du Nil le volage Israël
Rendit dans le désert un culte criminel,
1365 De leurs plus chers parents saintement homicides,
Consacrèrent leurs mains dans le sang des perfides[4],
Et par ce noble exploit vous acquirent l'honneur
D'être seuls employés aux Autels du Seigneur[5]?
     Mais je vois que déjà vous brûlez de me suivre.

---

1. Existe-t-il des cœurs à ce point plongés... qu'ils ne s'empresseront pas...
2. Appareil a ici le sens (différent du v. 1250) de cortège.
3. Ces cinq vers détaillent, au moyen de trois séries d'appositions (le roi, le grand prêtre conduisant les lévites, tous portant les armes de David), les différents constituants du «saint appareil». Comme il s'agit d'un développement de la phrase précédente, ces vers s'achèvent logiquement sur un point d'interrogation.
4. Allusion au massacre des adorateurs du veau d'or (le «Dieu du Nil», v. 1363) par les «enfants de Lévi» conduits par Moïse (*Exode*, XXXII, 25-29). Après le massacre, «Moïse leur dit : Vous avez chacun consacré vos mains au Seigneur en tuant votre fils et votre frère, afin que la bénédiction de Dieu vous soit donnée» (XXXII, 29; trad. Sacy).
5. Sur la consécration de la tribu de Lévi au service du culte divin, voir *Nombres*, III.

Jurez donc avant tout sur cet auguste Livre[1]   1370
À ce Roi que le Ciel vous redonne aujourd'hui,
De vivre, de combattre, et de mourir pour lui.

AZARIAS

Oui, nous jurons ici pour nous, pour tous nos Frères,
De rétablir Joas au trône de ses Pères,
De ne poser le fer entre nos mains remis,   1375
Qu'après l'avoir vengé de tous ses ennemis.
Si quelque transgresseur enfreint cette promesse,
Qu'il éprouve, grand Dieu, ta fureur vengeresse :
Qu'avec lui, ses enfants de ton partage[2] exclus
Soient au rang de ces morts, que tu ne connais plus.   1380

JOAD

Et vous, à cette Loi, votre règle éternelle,
Roi, ne jurez-vous pas d'être toujours fidèle[3] ?

JOAS

Pourrais-je à cette Loi ne me pas conformer ?

---

1. « [Joad] leur fit prêter le serment dans la maison du Seigneur, en leur montrant le fils du roi » (*II Rois*, XI, 4 ; trad. Sacy). Précisons que la Bible ne présente aucun cas de serment prêté sur le Livre saint ; il s'agit d'une forme de serment chrétienne, à laquelle étaient accoutumés les spectateurs.

2. Partage : héritage. Le peuple hébreu comme *héritage* de Dieu est une image qui revient constamment dans l'Ancien Testament (depuis *Exode* XXXIV, 9). Voir en particulier le *Psaume* XVI, 5 (« Le Seigneur est la part qui m'est échue en héritage » ; trad. Sacy, avec la numérotation XV). Racine a combiné cette image avec un autre passage des *Psaumes* (LXXXVIII, 6) : « Ceux qui [...] dorment dans les sépulcres, dont vous ne vous souvenez plus et qui ont été rejetés de votre main » (trad. Sacy, avec la numérotation LXXXVII).

3. Racine transpose un détail du récit de l'intronisation de Joas : « Ils [...] lui mirent dans la main le livre de la loi, et le déclarèrent roi » (*II Chr.*, XXIII, 11 ; trad. Sacy). Mais le serment sur le Livre de la Loi que le grand prêtre fait prêter à Joas rappelle encore le cérémonial du sacre du roi de France à Reims : le roi prêtait serment sur l'Évangile et le baisait.

JOAD

Ô mon fils, de ce nom j'ose encor vous nommer,
1385 Souffrez cette tendresse, et pardonnez aux larmes
Que m'arrachent pour vous de trop justes alarmes.
Loin du trône nourri, de ce fatal honneur
Hélas ! vous ignorez le charme empoisonneur.
De l'absolu pouvoir vous ignorez l'ivresse,
1390 Et des lâches Flatteurs la voix enchanteresse.
Bientôt ils vous diront, que les plus saintes Lois,
Maîtresses du vil peuple, obéissent aux Rois ;
Qu'un Roi n'a d'autre frein que sa volonté même ;
Qu'il doit immoler tout à sa grandeur suprême ;
1395 Qu'aux larmes, au travail[1] le Peuple est condamné,
Et d'un sceptre de fer veut être gouverné[2] ;
Que s'il n'est opprimé, tôt ou tard il opprime.
Ainsi de piège en piège, et d'abîme en abîme,
Corrompant de vos mœurs l'aimable pureté,
1400 Ils vous feront enfin haïr la Vérité,
Vous peindront la vertu sous une affreuse image.
Hélas ! ils ont des Rois égaré le plus sage[3].
    Promettez sur ce Livre et devant ces Témoins,
Que Dieu fera toujours le premier de vos soins,
1405 Que sévère aux Méchants, et des Bons le refuge,
Entre le Pauvre et Vous, vous prendrez Dieu pour juge ;
Vous souvenant, mon fils, que caché sous ce lin
Comme eux[4] vous fûtes pauvre, et comme eux
                                        [orphelin.

---

1. Au sens, fréquent au XVIIᵉ siècle, de douleur, souffrance.
2. Image biblique positive («Le Seigneur m'a dit : [...] Vous les gouvernerez avec une verge de fer», *Psaumes*, II, 9) que Racine prend ici en un sens défavorable.
3. Allusion aux dernières années du règne de Salomon, qui aima des femmes étrangères et devint idolâtre (*I Rois*, XI).
4. C'est-à-dire comme les pauvres («Pauvre», deux vers plus haut, étant pris en un sens collectif).

JOAS

Je promets d'observer ce que la Loi m'ordonne.
Mon Dieu, punissez-moi, si je vous abandonne.   1410

JOAD

Venez, de l'huile sainte il faut vous consacrer[1].
Paraissez, Josabet, vous pouvez vous montrer.

SCÈNE IV

JOAS, JOAD, JOSABET, ZACHARIE,
AZARIAS, etc., SALOMITH, LE CHŒUR

JOSABET, *embrassant Joas.*

Ô Roi, fils de David.

JOAS

Ô mon unique Mère.
Venez, cher Zacharie, embrasser votre frère.

JOSABET, *à Zacharie.*

Aux pieds de votre Roi prosternez-vous, mon fils.   1415

JOAD, *pendant qu'ils s'embrassent.*

Enfants, ainsi toujours puissiez-vous être unis !

JOSABET, *à Joas.*

Vous savez donc quel sang vous a donné la vie ?

JOAS

Et je sais quelle main sans vous me l'eût ravie.

1. Le rite de l'onction remonte au premier roi d'Israël, Saül, oint par
Samuel (*I Samuel*, X, 1).

JOSABET

De votre nom, Joas, je puis donc vous nommer.

JOAS

1420 Joas ne cessera jamais de vous aimer.

LE CHŒUR

Quoi, c'est là...

JOSABET

C'est Joas.

JOAD

Écoutons ce Lévite.

SCÈNE V

JOAS, JOSABET, JOAD, etc., UN LÉVITE

UN LÉVITE

J'ignore contre Dieu quel projet on médite[1].
Mais l'airain menaçant frémit de toutes parts[2].
On voit luire des feux parmi des étendards.
1425 Et sans doute Athalie assemble son armée.
Déjà même au secours toute voie est fermée.
Déjà le sacré mont, où le Temple est bâti,
D'insolents Tyriens est partout investi.
L'un d'eux en blasphémant, vient de nous faire entendre
1430 Qu'Abner est dans les fers, et ne peut nous défendre.

1. Écho de *Phèdre* (V, 5, v. 1461) : «J'ignore le projet que la Reine médite.»
2. On voit de tous côtés briller des armes (en bronze ou airain) menaçantes.

JOSABET, *à Joas.*

Cher Enfant, que le Ciel en vain m'avait rendu,
Hélas! pour vous sauver j'ai fait ce que j'ai pu.
Dieu ne se souvient plus de David votre père.

JOAD[1]

Quoi? Vous ne craignez pas d'attirer sa colère
Sur vous, et sur ce Roi si cher à votre amour?   1435
Et quand Dieu de vos bras l'arrachant sans retour
Voudrait que de David la Maison fût éteinte;
N'êtes-vous pas ici sur la Montagne sainte,
Où *le Père des Juifs sur son fils innocent[2]
Leva sans murmurer un bras obéissant,   1440
Et mit sur un bûcher ce fruit de sa vieillesse,
Laissant à Dieu le soin d'accomplir sa promesse,
Et lui sacrifiant avec ce fils aimé
Tout l'espoir de sa Race en lui seul renfermé?
    Amis, partageons-nous[3]. Qu'Ismaël en sa garde,   1445
Prenne tout le côté que l'Orient regarde.
Vous, le côté de l'Ourse, et vous de l'Occident.
Vous le Midi. Qu'aucun par un zèle imprudent,
Découvrant mes desseins, soit Prêtre, soit Lévite,
Ne sorte avant le temps, et ne se précipite.   1450
Et que chacun enfin d'un même esprit poussé
Garde en mourant le poste où je l'aurai placé.
L'Ennemi nous regarde en son aveugle rage
Comme de vils troupeaux réservés au carnage,
Et croit ne rencontrer que désordre et qu'effroi.   1455

---

* *Abraham.*
1. Var *à Josabet.*   1692-1697
2. Sur le lieu du sacrifice d'Isaac, voir la Préface de Racine (fin du
2e paragraphe), p. 33.
3. Ce «partage» est mentionné aussi bien dans les textes bibliques
(*II Rois*, XI, 6; *II Chr.*, XXIII, 5) que dans les *Antiquités judaïques* de
Josèphe (IX, VII, 2) : dans tous les cas, Joad divise les lévites en *trois* corps
et non en quatre comme ici.

Qu'Azarias partout accompagne le Roi.
Venez[1], cher rejeton d'une vaillante Race,
Remplir vos Défenseurs d'une nouvelle audace.
Venez du diadème à leurs yeux vous couvrir,
1460 Et périssez du moins en Roi, s'il faut périr.
Suivez-le, Josabet. Vous, *donnez-moi ces armes.
Enfants, offrez à Dieu vos innocentes larmes.

SCÈNE VI

SALOMITH, LE CHŒUR

TOUT LE CHŒUR *chante*.

Partez, Enfants d'Aaron, partez.
Jamais plus illustre querelle
1465   De vos aïeux n'arma le zèle.
Partez, Enfants d'Aaron, partez.
C'est votre Roi, c'est Dieu, pour qui vous combattez.

UNE VOIX SEULE

Où sont les traits que tu lances,
Grand Dieu, dans ton juste courroux ?
1470   N'es-tu plus le Dieu jaloux[2] ?
N'es-tu plus le Dieu des vengeances[3] ?

UNE AUTRE

Où sont, Dieu de Jacob, tes antiques bontés ?
Dans l'horreur qui nous environne

---

* *à un Lévite.*
1. Var   [ajouté ici un astérisque, et en marge :] * *À Joas.*   1692-1697
2. « Car je suis le Seigneur votre Dieu, le Dieu fort et jaloux… » (*Exode*, XX, 5).
3. « Le Seigneur est le Dieu des vengeances » (*Psaumes*, XCIV, 1 ; trad. Sacy avec la numérotation XCIII).

N'entends-tu que la voix de nos iniquités[1]?
N'es-tu plus le Dieu qui pardonne?   1475

TOUT LE CHŒUR

Où sont, Dieu de Jacob, tes antiques bontés?

UNE VOIX SEULE

C'est à toi que dans cette guerre
Les flèches des Méchants prétendent s'adresser[2].
Faisons, disent-ils, cesser
Les Fêtes de Dieu sur la terre.   1480
De son joug importun délivrons les Mortels[3].
Massacrons tous ses Saints. Renversons ses Autels.
Que de son Nom, que de sa gloire
Il ne reste plus de mémoire[4].
Que ni lui, ni son Christ[5] ne règnent plus sur nous. 1485

TOUT LE CHŒUR

Où sont les traits que tu lances,
Grand Dieu, dans ton juste courroux?

1. Écho du plus célèbre des *Psaumes*, le *De Profundis*, CXXX, 3 : «Si vous observez exactement, Seigneur, nos iniquités, qui subsistera devant vous?»; trad. Sacy avec la numérotation CXIX.
2. «Car voici, les méchants bandent l'arc, ils ajustent leur flèche sur la corde, pour tirer dans l'ombre sur ceux qui ont le cœur droit» (*Psaumes*, XI, 2).
3. «Ils ont conspiré tous ensemble et dit au fond de leur cœur : Faisons cesser et abolissons de dessus la terre tous les jours de fête consacrés à Dieu» (*Psaumes*, LXXIII, 9; trad. Sacy d'après la *Vulgate*; le texte hébreu, sous la numérotation LXXIV, 8, est différent).
4. L'idée de massacrer les saints et d'effacer le souvenir du nom d'Israël vient du *Psaume* LXXXIII, 3-5 (LXXXII dans la *Vulgate*), celle de renverser les autels à nouveau du *Psaume* LXXIII, 7 (numérotation de la *Vulgate*).
5. *Christ*, c'est-à-dire celui qui a été «oint», consacré : il vaut pour les prêtres et pour les rois descendant de David : du fait de la portée générale de cette strophe inspirée des *Psaumes*, *Christ* ici renvoie à la fois à Joas, à tout élu de Dieu, et inévitablement, pour un public chrétien, à Jésus-Christ.

N'es-tu plus le Dieu jaloux ?
N'es-tu plus le Dieu des vengeances ?

UNE VOIX SEULE

1490	Triste reste de nos Rois,
Chère et dernière fleur d'une tige si belle,
Hélas ! sous le couteau d'une Mère cruelle
Te verrons-nous tomber une seconde fois ?
Prince aimable, dis-nous, si quelque Ange au berceau
1495	Contre tes Assassins prit soin de te défendre ;
Ou si dans la nuit du tombeau
La voix du Dieu vivant a ranimé ta cendre.

UNE AUTRE

D'un Père et d'un Aïeul contre toi révoltés,
Grand Dieu, les attentats lui sont-ils imputés[1] ?
1500	Est-ce que sans retour ta pitié l'abandonne ?

LE CHŒUR

Où sont, Dieu de Jacob, tes antiques bontés ?
N'es-tu plus le Dieu qui pardonne ?

UNE DES FILLES DU CHŒUR, sans chanter

Chères Sœurs, n'entendez-vous pas
Des cruels Tyriens la trompette qui sonne ?

SALOMITH

1505	J'entends même les cris des barbares soldats,
Et d'horreur j'en frissonne.
Courons, fuyons, retirons-nous
À l'ombre salutaire
Du redoutable Sanctuaire.

1. Voir le v. 268 et la note 1, p. 55.

ACTE V

SCÈNE PREMIÈRE

ZACHARIE, SALOMITH, LE CHŒUR

SALOMITH

Cher Zacharie, hé bien? Que nous apprenez-vous[1]?   1510

ZACHARIE

Redoublez au Seigneur votre ardente prière.
Peut-être nous touchons à notre heure dernière.
Pour l'horrible combat, ma Sœur, l'ordre est donné.

SALOMITH

Que fait Joas?

ZACHARIE

                    Joas vient d'être couronné.
Le grand Prêtre a sur lui répandu l'huile sainte.   1515

---

1. Pour renforcer la liaison entre les actes, Racine a fait rimer ce vers avec «retirons-nous» à la fin de l'acte précédent; et c'est le même personnage qui garde la parole, passant sans solution de continuité du discours chanté au discours parlé.

Ô Ciel ! dans tous les yeux quelle joie était peinte
À l'aspect de ce Roi racheté du tombeau[1] !
Ma Sœur, on voit encor la marque du couteau.
On voit paraître aussi sa fidèle Nourrice[2],
1520 Qui cachée en un coin de ce vaste édifice
Gardait ce cher dépôt, et n'avait de ses soins
Que les yeux de ma Mère, et que Dieu pour témoins.
Nos Lévites pleuraient de joie et de tendresse,
Et mêlaient leurs sanglots à leurs cris d'allégresse.
1525 Lui, parmi ces transports, affable, et sans orgueil,
À l'un tendait la main, flattait l'autre de l'œil,
Jurait de se régler par leurs avis sincères,
Et les appelait tous ses pères ou ses frères.

SALOMITH

Ce secret au-dehors est-il aussi semé ?

ZACHARIE

1530 Ce secret dans le Temple est encor renfermé.
Des Enfants de Lévi la troupe partagée
Dans un profond silence aux portes s'est rangée.
Tous doivent à la fois précipiter leurs pas,
Et crier pour signal, Vive le Roi Joas[3].
1535 Mais mon Père défend que le Roi se hasarde,
Et veut qu'Azarias demeure pour sa garde.
Cependant Athalie un poignard à la main[4]

---

1. *Racheté du tombeau* : délivré du tombeau (expression biblique : voir le *Psaume* CIII, 4).
2. La marque du couteau, la fidèle nourrice : le récit de Zacharie laisse entendre que Joad a fourni devant l'assemblée des lévites les preuves (signe physique et témoin) de l'identité de Joas avant de l'oindre de l'huile sainte.
3. Dans *II Rois*, XI, 12 et *II Chr.*, XXIII, 11, c'est lors du couronnement que la foule poussa ce cri, et c'est ce cri qui fit sortir Athalie de son palais pour se précipiter vers le temple.
4. Même image qu'au vers 244, lorsque Josabet évoquait le massacre des princes.

Rit des faibles remparts de nos portes d'airain.
Pour les rompre, elle attend les fatales machines,
Et ne respire enfin que sang et que ruines.   1540
Quelques Prêtres, ma Sœur, ont d'abord proposé
Qu'en un lieu souterrain par nos pères creusé
On renfermât du moins notre Arche précieuse.
Ô crainte, a dit mon Père, indigne, injurieuse !
L'Arche, qui fit tomber tant de superbes tours,   1545
Et força le Jourdain de rebrousser son cours[1],
Des Dieux des Nations[2] tant de fois triomphante,
Fuirait donc à l'aspect d'une Femme insolente ?
Ma Mère auprès du Roi, dans un trouble mortel,
L'œil tantôt sur ce Prince, et tantôt vers l'Autel,   1550
Muette, et succombant sous le poids des alarmes,
Aux yeux les plus cruels arracherait des larmes.
Le Roi de temps en temps la presse entre ses bras,
La flatte[3]... Chères Sœurs, suivez toutes mes pas.
Et s'il faut aujourd'hui que notre Roi périsse,   1555
Allons, qu'un même sort avec lui nous unisse.

SALOMITH

Quelle insolente main frappe à coups redoublés ?
Qui fait courir ainsi ces Lévites troublés ?
Quelle précaution leur fait cacher leurs armes ?
Le Temple est-il forcé ?   1560

1. Allusion à deux épisodes de l'histoire de Josué : l'arche d'alliance
(voir la n. 2, p. 32) portée par les prêtres au milieu du Jourdain arrête les
eaux et permet à tout le peuple de passer à sec (*Josué*, III) ; l'arche d'alliance fut portée en procession sept jours durant autour des murailles de
Jéricho, et le septième jour, au son des trompettes et des cris du peuple,
les murailles s'écroulèrent (*Josué*, VI).
2. Expression biblique pour désigner les faux dieux qu'adorent les
autres peuples (voir *Psaumes*, XCVI, 5).
3. Flatter quelqu'un qui est dans la douleur ou, comme ici, dans une
mortelle inquiétude, c'est tenter de l'apaiser.

ZACHARIE

Dissipez vos alarmes.
Dieu nous envoie Abner.

SCÈNE II

ABNER, JOAD, JOSABET, ZACHARIE,
SALOMITH, ISMAËL, DEUX LÉVITES, etc.

JOAD

En croirai-je mes yeux,
Cher Abner ? Quel chemin a pu jusqu'en ces lieux
Vous conduire au travers d'un camp qui nous assiège ?
On disait que d'Achab la Fille sacrilège
1565 Avait, pour assurer ses projets inhumains,
Chargé d'indignes fers vos généreuses mains.

ABNER

Oui, Seigneur, elle a craint mon zèle et mon courage.
Mais c'est le moindre prix que me gardait sa rage.
Dans l'horreur d'un cachot par son ordre enfermé,
1570 J'attendais que le Temple en cendre consumé,
De tant de flots de sang non encore assouvie
Elle vînt m'affranchir d'une importune vie,
Et retrancher des jours, qu'aurait dû mille fois
Terminer la douleur de survivre à mes Rois.

JOAD

1575 Par quel miracle a-t-on obtenu votre grâce ?

ABNER

Dieu dans ce cœur cruel sait seul ce qui se passe.
Elle m'a fait venir, et d'un air égaré,

Tu vois de mes soldats tout ce Temple entouré,
Dit-elle. Un feu vengeur va le réduire en cendre.
Et ton Dieu contre moi ne le saurait défendre.   1580
Ses Prêtres toutefois, mais il faut se hâter,
À deux conditions peuvent se racheter.
Qu'avec Éliacin on mette en ma puissance
Un trésor, dont je sais qu'ils ont la connaissance,
Par votre Roi David autrefois amassé,   1585
Sous le sceau du secret au grand Prêtre laissé.
Va, dis-leur, qu'à ce prix je leur permets de vivre.

JOAD

Quel conseil, cher Abner, croyez-vous qu'on doit suivre ?

ABNER

Et tout l'or de David, s'il est vrai qu'en effet
Vous gardiez de David quelque trésor secret,   1590
Et tout ce que des mains de cette Reine avare
Vous avez pu sauver et de riche et de rare,
Donnez-le. Voulez-vous que d'impurs Assassins
Viennent briser l'Autel, brûler les Chérubins[1],
Et portant sur notre Arche une main téméraire,   1595
De votre propre sang souiller le Sanctuaire ?

JOAD

Mais siérait-il, Abner, à des cœurs généreux
De livrer au supplice un Enfant malheureux,
Un Enfant, que Dieu même à ma garde confie,
Et de nous racheter aux dépens de sa vie ?   1600

---

1. *L'Autel* est « l'autel des parfums » dont parle Racine dans sa Préface
(p. 32), placé en avant de l'arche (voir notamment *Exode*, XL, 5) ; les
deux *Chérubins* étaient des figures d'anges en bois d'olivier recouvert
d'or, qui étendaient leurs ailes au-dessus de l'arche.

ABNER

Hélas ! Dieu voit mon cœur. Plût à ce Dieu puissant
Qu'Athalie oubliât un Enfant innocent,
Et que du sang d'Abner sa cruauté contente
Crût calmer par ma mort le Ciel qui la tourmente !
1605 Mais que peuvent pour lui vos inutiles soins ?
Quand vous périrez tous, en périra-t-il moins ?
Dieu vous ordonne-t-il de tenter l'impossible ?
Pour obéir aux lois d'un Tyran inflexible,
Moïse par sa Mère au Nil abandonné,
1610 Se vit, presque en naissant, à périr condamné.
Mais Dieu le conservant contre toute espérance,
Fit par le Tyran même élever son enfance.
Qui sait ce qu'il réserve à votre Éliacin,
Et si lui préparant un semblable destin,
1615 Il n'a point de pitié déjà rendu capable
De nos malheureux Rois l'homicide implacable[1] ?
Du moins, et Josabet, comme moi, l'a pu voir,
Tantôt à son aspect je l'ai vue[2] s'émouvoir.
J'ai vu de son courroux tomber la violence.
1620 Princesse, en ce péril vous gardez le silence ?
Hé quoi ? Pour un Enfant, qui vous est étranger,
Souffrez-vous que sans fruit Joad laisse égorger
Vous, son Fils, tout ce peuple, et que le feu dévore
Le seul Lieu sur la terre où Dieu veut qu'on l'adore[3] ?
1625 Que feriez-vous de plus, si des Rois vos aïeux
Ce jeune Enfant était un reste précieux[4] ?

    1. Comprendre : qui sait [...] si Dieu, préparant à Éliacin un destin
semblable à celui de Moïse, n'a pas rendu capable de pitié la meurtrière
implacable de nos malheureux rois (Athalie).
    2. On lit *vu* dans les trois éditions publiées du vivant de Racine : rap-
pelons que l'accord du participe ne se faisait généralement pas lorsqu'il
était suivi d'un infinitif.
    3. Voir la Préface de Racine : « Car depuis que le Temple de Salomon
fut bâti, il n'était plus permis de sacrifier ailleurs » (1er paragraphe).
    4. Voir le v. 256 et la note 3, p. 54.

JOSABET, *tout bas à Joad.*

Pour le sang de ses Rois vous voyez sa tendresse.
Que ne lui parlez-vous?

JOAD

Il n'est pas temps, Princesse.

ABNER

Le temps est cher, Seigneur, plus que vous ne pensez.
Tandis qu'à me répondre ici vous balancez,   1630
Mathan près d'Athalie étincelant de rage
Demande le signal, et presse le carnage.
Faut-il que je me jette à vos sacrés genoux?
Au nom du Lieu si saint, qui n'est ouvert qu'à vous[1],
Lieu terrible, où de Dieu la majesté repose,   1635
Quelque dure que soit la loi qu'on vous impose,
De ce coup imprévu songeons à nous parer.
Donnez-moi seulement le temps de respirer.
Demain, dès cette nuit, je prendrai des mesures
Pour assurer le Temple, et venger ses injures[2].   1640
Mais je vois que mes pleurs et que mes vains discours
Pour vous persuader sont un faible secours.
Votre austère vertu n'en peut être frappée.
Hé bien! Trouvez-moi donc quelque arme, quelque
                       [épée[3].
Et qu'aux portes du Temple, où l'Ennemi m'attend,   1645
Abner puisse du moins mourir en combattant.

---

1. Autrement dit, «le Saint des Saints», où était déposée l'arche d'alliance et où seul le grand prêtre avait le droit d'entrer une fois par an : voir la Préface de Racine (fin du 2ᵉ paragraphe).
2. Venger le Temple des outrages qu'on lui fait subir.
3. Ce point final (supprimé dans la dernière édition) n'est pas un point syntaxique : il est destiné à marquer une pause plus longue et une chute de la voix.

JOAD

Je me rends. Vous m'ouvrez un avis que j'embrasse.
De tant de maux, Abner, détournons la menace.
Il est vrai de David un trésor est resté[1].
1650 La garde en fut commise à ma fidélité.
C'était des tristes[2] Juifs l'espérance dernière,
Que mes soins vigilants cachaient à la lumière.
Mais puisqu'à votre Reine il faut le découvrir,
Je vais la contenter, nos portes vont s'ouvrir.
1655 De ses plus braves Chefs qu'elle entre accompagnée.
Mais de nos saints Autels qu'elle tienne éloignée
D'un ramas d'Étrangers l'indiscrète fureur[3].
Du pillage du Temple épargnez-moi l'horreur.
Des Prêtres, des Enfants lui feraient-ils quelque ombre[4]?
1660 De sa Suite avec vous qu'elle règle le nombre.
Et quant à cet Enfant si craint, si redouté;
De votre cœur, Abner, je connais l'équité.
Je vous veux devant elle expliquer sa naissance.
Vous verrez, s'il le faut remettre en sa puissance.
1665 Et je vous ferai juge entre Athalie et lui.

ABNER

Ah! je le prends déjà, Seigneur, sous mon appui.
Ne craignez rien. Je cours vers celle qui m'envoie.

---

1. Sur cette équivoque, voir notre préface, p. 20-21.
2. Tristes au sens de malheureux, voués au malheur.
3. Mais qu'elle tienne éloignée de nos saints Autels la fureur aveugle
d'une bande d'étrangers (ses soldats tyriens).
4. Lui porteraient-ils ombrage, lui causeraient-ils de l'inquiétude?

SCÈNE III

JOAD, JOSABET, ISMAËL, ZACHARIE, etc.

JOAD

Grand Dieu, voici ton heure, on t'amène ta proie.
Ismaël, écoutez.*

JOSABET

       Puissant Maître des Cieux,
Remets-lui le bandeau, dont tu couvris ses yeux,   1670
Lorsque lui dérobant tout le fruit de son crime,
Tu cachas dans mon sein cette tendre victime.

JOAD

Allez, sage Ismaël, ne perdez point de temps.
Suivez de point en point ces ordres importants.
Surtout, qu'à son entrée, et que sur son passage,   1675
Tout d'un calme profond lui présente l'image.
Vous, Enfants, préparez un trône pour Joas.
Qu'il s'avance suivi de nos sacrés soldats.
Faites venir aussi sa fidèle Nourrice,
Princesse, et de vos pleurs que la source tarisse.   1680
Vous** dès que cette Reine ivre d'un fol orgueil
De la porte du Temple aura passé le seuil,
Qu'elle ne pourra plus retourner en arrière ;
Prenez soin qu'à l'instant la trompette guerrière
Dans le camp ennemi jette un subit effroi.   1685
Appelez tout le Peuple au secours de son Roi.
Et faites retentir jusques à son oreille
De Joas conservé l'étonnante merveille.
Il vient.

---

* *Il lui parle à l'oreille.*
** *à un Lévite.*

SCÈNE IV

JOAS, JOAD, JOSABET,
TROUPES DE PRÊTRES ET DE LÉVITES,
etc.

JOAD *continue.*

    Lévites saints, Prêtres de notre Dieu,
1690 Partout, sans vous montrer, environnez ce lieu.
Et laissant à mes soins gouverner votre zèle,
Pour paraître, attendez que ma voix vous appelle,*
    Roi, je crois qu'à vos vœux cet espoir est permis,
Venez voir à vos pieds tomber vos ennemis.
1695 Celle dont la fureur poursuivit votre enfance
Vers ces lieux à grands pas pour vous perdre s'avance.
Mais ne la craignez point. Songez qu'autour de vous
L'Ange exterminateur[1] est debout avec nous.
Montez sur votre trône, et… Mais la porte s'ouvre.
1700 Permettez un moment que ce voile vous couvre,**
Vous changez de couleur, Princesse?

JOSABET

                    Ah! sans pâlir
Puis-je voir d'assassins le Temple se remplir?
Quoi? Ne voyez-vous pas quelle nombreuse escorte…

JOAD

Je vois, que du saint Temple on referme la porte.
1705 Tout est en sûreté.

---

   * *Ils se cachent tous.*
  ** *Il tire un rideau.*
  1. Expression biblique : voir *Exode*, XII, 23.

SCÈNE V

ATHALIE, JOAS, *caché derrière le rideau,*
JOAD, JOSABET, ABNER,
Suite d'Athalie

ATHALIE, *à Joad.*

Te voilà, Séducteur[1],
De ligues, de complots pernicieux auteur,
Qui dans le trouble seul as mis tes espérances,
Éternel ennemi des suprêmes puissances.
En l'appui de ton Dieu tu t'étais reposé.
De ton espoir frivole es-tu désabusé ?   1710
Il laisse en mon pouvoir et son Temple et ta vie.
Je devrais sur l'Autel, où ta main sacrifie,
Te... Mais du prix qu'on m'offre il faut me contenter.
Ce que tu m'as promis songe à l'exécuter.
Cet Enfant, ce trésor, qu'il faut qu'on me remette,   1715
Où sont-ils ?

JOAD

Sur-le-champ tu seras satisfaite.
Je te les vais montrer l'un et l'autre à la fois.

Le rideau se tire.

Paraissez, cher Enfant, digne sang de nos Rois.
Connais-tu l'héritier du plus saint des Monarques[2],
Reine ? De ton poignard connais du moins ces marques. 1720
Voilà ton Roi, ton Fils, le Fils d'Ochosias.
Peuples, et vous Abner, reconnaissez Joas.

1. Séducteur : trompeur.
2. L'héritier de David.

ABNER

Ciel!

ATHALIE, *à Joad.*

Perfide!

JOAD

Vois-tu cette Juive fidèle,
Dont tu sais bien qu'alors il suçait la mamelle?
1725 Il fut par Josabet à ta rage enlevé.
Ce Temple le reçut, et Dieu l'a conservé.
Des trésors de David voilà ce qui me reste.

ATHALIE

Ta fourbe à cet Enfant, Traître, sera funeste.
D'un Fantôme odieux, soldats, délivrez-moi.

JOAD

1730 Soldats du Dieu vivant, défendez votre Roi.

*Ici le fond du Théâtre s'ouvre. On voit le
dedans du Temple, et les Lévites armés sortent de
tous côtés sur la Scène.*

ATHALIE

Où suis-je? Ô trahison! Ô Reine infortunée[1]!
D'armes et d'ennemis je suis environnée.

JOAD

Tes yeux cherchent en vain, tu ne peux échapper,
Et Dieu de toutes parts a su t'envelopper.

1. « Elle vit le roi assis sur son trône selon la coutume, et auprès de lui
les chantres et les trompettes, tout le peuple étant en joie et sonnant de
la trompette. Alors elle déchira ses vêtements, et s'écria : Trahison, trahison ! » (*II Rois*, XI, 14 ; trad. Sacy).

Ce Dieu que tu bravais, en nos mains t'a livrée.   1735
Rends-lui compte du sang dont tu t'es enivrée[1].

ATHALIE

Quoi ? La peur a glacé mes indignes soldats ?
Lâche Abner, dans quel piège as-tu conduit mes pas !

ABNER

Reine, Dieu m'est témoin…

ATHALIE

                              Laisse là ton Dieu, Traître,
Et venge-moi.   1740

ABNER, *se jetant aux pieds de Joas.*

                    Sur qui ? Sur Joas ! sur mon Maître !

ATHALIE

Lui Joas ? Lui ton Roi ? Songez, Méchants, songez
Que mes armes encor vous tiennent assiégés.
J'entends à haute voix tout mon camp qui m'appelle.
On vient à mon secours. Tremblez, troupe rebelle.

SCÈNE VI

ISMAËL, JOAS, JOAD, ATHALIE, etc.

ISMAËL, *à Joad.*

Seigneur, le Temple est libre, et n'a plus d'ennemis.   1745
L'Étranger est en fuite, et le Juif est soumis.
Comme le vent dans l'air dissipe la fumée,

1. Expression appliquée par l'apôtre saint Jean à la «grande prosti-
tuée» (Babylone) : «Et je vis cette femme enivrée du sang des saints et du
sang des martyrs de Jésus» (*Apocalypse*, XVII, 6).

La voix du Tout-puissant a chassé cette Armée[1].
Nos Lévites, du haut de nos sacrés parvis,
1750 D'Ochosias au peuple ont annoncé le Fils,
Ont conté son enfance au glaive dérobée,
Et la fille d'Achab dans le piège tombée.
Partout en même temps la trompette a sonné.
Et ses sons, et leurs cris dans son camp étonné
1755 Ont répandu le trouble et la terreur subite,
Dont Gédéon frappa le fier Madianite[2].
Les Tyriens jetant armes et boucliers,
Ont par divers chemins disparu les premiers.
Quelques Juifs éperdus ont aussi pris la fuite.
1760 Mais de Dieu sur Joas admirant la conduite
Le reste à haute voix s'est pour lui déclaré.
Enfin d'un même esprit tout le Peuple inspiré,
Femmes, vieillards, enfants, s'embrassant avec joie,
Bénissent le Seigneur, et celui qu'il envoie.
1765 Tous chantent de David le Fils ressuscité.
Baal est en horreur dans la sainte Cité.
De son temple profane on a brisé les portes.
Mathan est égorgé[3].

ATHALIE

Dieu des Juifs, tu l'emportes!
Oui, c'est Joas, je cherche en vain à me tromper.

1. Souvenir du *Psaume* LXVIII, 2-3 : «Que le Seigneur se lève, et que ses ennemis soient dissipés; et que ceux qui le haïssent fuient de devant sa face. / Comme la fumée disparaît, qu'ils disparaissent de même» (trad. Sacy, avec la numérotation LXVII, 1-2).
2. Gédéon entoura de nuit le camp des Madianites avec trois cents hommes seulement, et, à son signal, tous sonnèrent de la trompette, frappèrent contre des pots de terre vides et crièrent : les Madianites terrorisés s'entre-tuèrent dans le noir ou s'enfuirent (*Juges*, VII, 9-23).
3. «Et tout le peuple étant entré dans le temple de Baal, ils renversèrent ses autels, brisèrent ses images en cent pièces, et tuèrent Mathan, prêtre de Baal, devant l'autel» (*II Rois*, XI, 18; trad. Sacy; voir aussi : *II Chr.*, XXIII, 17).

Je reconnais l'endroit où je le fis frapper.   1770
Je vois d'Ochosias et le port, et le geste.
Tout me retrace enfin un sang, que je déteste.
David, David triomphe. Achab seul est détruit.
Impitoyable Dieu, toi seul as tout conduit.
C'est toi, qui me flattant d'une vengeance aisée,   1775
M'as vingt fois en un jour à moi-même opposée,
Tantôt pour un enfant excitant mes remords,
Tantôt m'éblouissant de tes riches trésors
Que j'ai craint de livrer aux flammes, au pillage.
Qu'il règne donc ce Fils, ton soin, et ton ouvrage.   1780
Et que pour signaler son empire nouveau
On lui fasse en mon sein enfoncer le couteau.
Voici ce qu'en mourant lui souhaite sa Mère.
Que dis-je souhaiter? Je me flatte, j'espère,
Qu'indocile à ton joug, fatigué de ta Loi,   1785
Fidèle au sang d'Achab, qu'il a reçu de moi,
Conforme à son Aïeul, à son Père semblable,
On verra de David l'héritier détestable
Abolir tes honneurs, profaner ton Autel.
Et venger Athalie, Achab, et Jézabel[1]   1790

JOAD

Qu'à l'instant hors du Temple elle soit emmenée,
Et que la sainteté n'en soit point profanée.
Allez, sacrés Vengeurs de vos Princes meurtris,
De leur sang par sa mort faire cesser les cris[2].

---

1. En prêtant à Athalie cette malédiction, conforme en tout point à la suite du récit biblique (Joas devient idolâtre et fait mourir Zacharie), et en la faisant conjurer par Joas lui-même au commencement de la scène suivante, Racine prolonge la prophétie de Joad (III, 7) pour faire entendre à nouveau que l'histoire qu'il raconte dans cette tragédie ne se termine pas avec la tragédie.
2. Sur l'image biblique des cris du sang, voir le v. 89 et la note 4, p. 45. Au vers précédent, *meurtris* au sens de *tués* est d'un emploi vieilli au xviie siècle.

1795 Si quelque audacieux embrasse sa querelle,
   Qu'à la fureur du glaive on le livre avec elle[1].

SCÈNE VII

JOAS, JOAD, JOSABET, ABNER, etc.

JOAS

Dieu, qui voyez mon trouble et mon affliction,
Détournez loin de moi sa malédiction,
Et ne souffrez jamais qu'elle soit accomplie.
1800 Faites que Joas meure, avant qu'il vous oublie.

JOAD, *aux Lévites.*

Appelez tout le Peuple, et montrons-lui son Roi.
Qu'il lui vienne en ses mains renouveler sa foi.
Roi, Prêtres, Peuple, allons, pleins de reconnaissance,
De Jacob avec Dieu confirmer l'alliance,
1805 Et saintement confus de nos égarements,
Nous rengager à lui par de nouveaux serments[2].
Abner, auprès du Roi reprenez votre place.
Hé bien? de cette Impie a-t-on puni l'audace?

1. «En même temps Joïada fit ce commandement aux centeniers qui
commandaient les troupes, et leur dit: Emmenez-la hors du temple, et si
quelqu'un la suit, qu'il périsse par l'épée. Car le pontife avait dit: Qu'on
ne la tue pas dans le temple du Seigneur» (*II Rois*, XI, 15; trad. Sacy).
2. *Confirmer l'alliance, se rengager à Dieu par des serments*: expressions
bibliques (voir *II Chr.*, XV, 12 et 14).

SCÈNE DERNIÈRE

UN LÉVITE, JOAS, JOAD, etc.

UN LÉVITE

Le fer a de sa vie expié les horreurs.
Jérusalem longtemps en proie à ses fureurs,   1810
De son joug odieux à la fin soulagée,
Avec joie en son sang la regarde plongée[1].

JOAD

Par cette fin terrible, et due à ses forfaits,
Apprenez, Roi des Juifs, et n'oubliez jamais,
Que les Rois dans le Ciel ont un Juge sévère,   1815
L'Innocence un Vengeur, et l'Orphelin un Père.

FIN

---

1. « Tout le peuple fut dans la joie, et la ville en paix, après que l'on eut fait mourir Athalie par l'épée » (*II Chr.*, XXIII, 21 [dernier verset du chapitre] ; trad. Sacy).

DOSSIER

CHRONOLOGIE

1639-1699

1638.   5 septembre : naissance du dauphin Louis, futur Louis XIV.
13 septembre : Jean Racine (le père), « procureur » à La Ferté-Milon (Aisne) et fils de Jean Racine, contrôleur au grenier à sel de La Ferté-Milon, épouse Jeanne Sconin, fille de Pierre Sconin, président du grenier à sel.

1639.   22 décembre : Racine est baptisé à La Ferté-Milon ; il a pour marraine sa grand-mère paternelle, Marie Desmoulins (épouse de Jean Racine), et pour parrain son grand-père maternel, Pierre Sconin.

1641.   24 janvier : baptême de Marie Racine, sœur de Jean. Leur mère meurt des suites de l'accouchement : elle est inhumée le 29 janvier.

1642.   Création de *Cinna* de Corneille.
4 novembre : remariage du père de Racine.
4 décembre : mort de Richelieu.

1643.   7 février : inhumation du père de Racine âgé de vingt-sept ans. L'enfant est recueilli par ses grands-parents paternels, sa sœur Marie par ses grands-parents maternels, les Sconin.
14 mai : mort de Louis XIII. Avènement de Louis XIV, qui a cinq ans : la régence d'Anne d'Autriche commence.

1648.   13 mai : début de la Fronde.

1649.   22 septembre : inhumation du grand-père paternel de Racine ; sa grand-mère (et marraine), Marie Desmoulins, est admise comme femme de service à l'abbaye de Port-Royal des Champs, où sa sœur Suzanne (morte en 1647) s'était retirée dès 1625 et où elle rejoint sa propre fille Agnès, devenue professe en 1648.

1649-1653. Racine est éduqué à titre gracieux aux «Petites Écoles» de Port-Royal par les «Solitaires» (ou «Messieurs») qui s'étaient retirés une dizaine d'années plus tôt dans les «Granges» qui jouxtaient le monastère de Port-Royal des Champs. Il y fait ses trois classes de grammaire et sa première classe de lettres (ce qui correspond aujourd'hui au premier cycle du collège, de la sixième à la troisième).

1653. Il est envoyé au collège de la ville de Beauvais, très lié à Port-Royal, où il demeure jusqu'en 1655. Il y fait sa seconde classe de lettres et sa rhétorique.

1654. 7 juin : sacre de Louis XIV à Reims.

1655. Au lieu de faire son année (ou ses deux années) de philosophie, il revient aux Granges de Port-Royal.

1656. 14 janvier-1er février : «censure» prononcée en Sorbonne contre Antoine Arnauld, frère de la Mère Angélique (abbesse et réformatrice de Port-Royal), considéré comme le plus brillant théologien de Port-Royal et le plus redoutable contradicteur des jésuites. Cette censure marque le début des «persécutions» contre les jansénistes.

Décembre : création de *Timocrate*, tragédie (romanesque) de Thomas Corneille, le plus grand succès théâtral du xviie siècle.

De cette période (1656-1658) date la rédaction par Racine des odes sur *Le Paysage ou Promenade de Port-Royal des Champs*, des poésies latines, ainsi que, probablement, la première version des *Hymnes traduites du Bréviaire romain* qui seront publiées trente ans plus tard.

1657. Publication de *La Pratique du théâtre* de l'abbé d'Aubignac.

1658. Octobre : Racine est envoyé à Paris, au collège d'Harcourt (l'actuel lycée Saint-Louis), dont le principal était janséniste, pour faire son année de philosophie (ou logique).

1659. 24 janvier : à l'Hôtel de Bourgogne, grand succès d'*Œdipe*, qui marque le retour de Corneille au théâtre après six années de «retraite».

À sa sortie du collège, Racine est accueilli par son «cousin» Nicolas Vitart à l'hôtel du duc de Luynes, dont il est l'intendant et l'homme de confiance.

7 novembre : traité des Pyrénées, après vingt-quatre
années de guerre entre la France et l'Espagne.
Racine écrit un sonnet (perdu) à Mazarin sur la paix des
Pyrénées.
18 novembre : première des *Précieuses ridicules* au Petit-
Bourbon, théâtre que Molière partage depuis un an avec
les comédiens italiens.

1660.   9 juin : Louis XIV épouse l'infante d'Espagne, Marie-Thérèse.
Septembre : refus par les comédiens du théâtre du Marais
de la première pièce de théâtre de Racine (*Amasie*, non
conservée). Parallèlement, il se fait remarquer en publiant
une ode composée à l'occasion du mariage du roi, *La
Nymphe de la Seine à la Reine*.
31 octobre : parution en trois volumes du *Théâtre* de Corneille, chacun des volumes introduit par un « Discours »
théorique, lui-même suivi d'une série d'« Examens » critiques des pièces contenues dans le volume.

1661.   20 janvier : Molière fait l'ouverture de sa nouvelle salle,
au Palais-Royal.
9 mars : mort de Mazarin. Début du règne personnel de
Louis XIV.
Juin : Racine écrit un poème mythologique et galant, *Les
Bains de Vénus* (perdu), et dresse le plan d'une nouvelle
pièce de théâtre dont le héros était le poète latin Ovide ;
contacts infructueux avec la troupe de l'Hôtel de Bourgogne qui font avorter le projet. Sa situation matérielle
est alors difficile et il doit emprunter de l'argent.
Octobre : départ pour Uzès, auprès d'un oncle Sconin,
vicaire général de l'évêché, dans l'espoir d'obtenir un
bénéfice ecclésiastique.

1662.   À cause de l'extrême complexité des affaires du chapitre
d'Uzès, la perspective d'obtenir rapidement un bénéfice
s'éloigne.
26 décembre : création de *L'École des femmes* de Molière.

1663.   Mi-janvier : création de *Sophonisbe*, tragédie de Corneille.
En février commence la « querelle de *Sophonisbe* », avec la
publication des *Remarques sur la tragédie de Sophonisbe* de
l'abbé d'Aubignac. Parallèlement se développe la « querelle de *L'École des femmes* ».
Avril ou mai (?) : retour de Racine à Paris.

Juin : il se fait remarquer par la publication d'une *Ode sur la convalescence du Roi*, et se voit inscrit dès le mois d'août sur la liste des gratifications royales aux gens de lettres.

12 août : mort à Port-Royal de sa grand-mère Marie Desmoulins (« ma mère »).

Fin octobre : nouvelle ode, *La Renommée aux Muses*, qui l'introduit auprès du comte (futur duc) de Saint-Aignan, l'un des seigneurs les plus proches du roi.

1664. 6-13 mai : à Versailles, fête des *Plaisirs de l'île enchantée* durant laquelle Molière donne *Tartuffe* (première version en trois actes, aussitôt interdite).

20 juin : *La Thébaïde ou les frères ennemis*, première tragédie de Racine, est montée par la troupe de Molière au Palais-Royal ; succès très médiocre. Elle est publiée le 30 octobre, avec une dédicace au duc de Saint-Aignan.

31 juillet et 1er août. Premières d'*Othon*, tragédie de Corneille, à Fontainebleau, devant la Cour.

27 octobre : publication des *Maximes* de La Rochefoucauld.

Derniers jours de décembre : création à l'Hôtel de Bourgogne d'*Astrate, roi de Tyr*, tragédie de Quinault ; un des grands succès du siècle.

1665. 10 janvier : publication des *Contes et nouvelles en vers* de La Fontaine.

4 décembre : création d'*Alexandre le Grand* au Palais-Royal. Très grand succès. Mais Racine donne aussi sa pièce à l'Hôtel de Bourgogne où elle est présentée le 18 décembre, ce qui provoque l'effondrement des recettes au Palais-Royal. Brouille irrémédiable avec Molière.

1666. Janvier : publication d'*Alexandre le Grand* avec une dédicace *Au Roi*.

Début de la « querelle des Imaginaires » : Racine est conduit à polémiquer (*Lettre à l'auteur des Hérésies imaginaires et des deux Visionnaires*) avec l'un des « Messieurs » de Port-Royal, Pierre Nicole, qui avait incidemment condamné la mauvaise influence des auteurs de théâtre (*Première Visionnaire*).

3 mai : premier document attestant que Racine est titulaire d'un bénéfice ecclésiastique.

1667. 4 mars. *Attila*, tragédie de Corneille, est créée par Molière au Palais-Royal. Après un bon début, les recettes déclinent rapidement.

29 mars : Marquise Du Parc quitte la troupe de Molière et passe dans celle de l'Hôtel de Bourgogne. On ne sait si Racine était déjà son amant.

Avril : rebondissement de la « querelle des Imaginaires ». On a beaucoup de peine à convaincre Racine de renoncer à poursuivre la polémique avec ses anciens protecteurs.

17 novembre : création triomphale d'*Andromaque* devant la cour, puis quelques jours plus tard à l'Hôtel de Bourgogne. La Du Parc tient le rôle titre. En décembre, le célèbre comédien Montfleury meurt d'épuisement pour avoir interprété avec trop de violence le rôle d'Oreste.

1668. Janvier ou février : publication d'*Andromaque* avec une dédicace à Madame (Henriette d'Angleterre), la très influente belle-sœur du roi.

31 mars : première édition des six premiers livres des *Fables* de La Fontaine.

25 mai : Molière crée *La Folle Querelle ou la critique d'Andromaque* de Subligny, comédie satirique qui ridiculise la pièce de Racine et ses admirateurs.

Juin : Saint-Évremond laisse enfin publier sa très critique *Dissertation sur le Grand Alexandre* [de Racine], attendue depuis de longs mois.

Novembre : création à l'Hôtel de Bourgogne des *Plaideurs*, unique comédie de Racine, qui passe inaperçue jusqu'à ce que le succès d'une représentation à Versailles lui ramène les spectateurs parisiens.

11 décembre : mort de la Du Parc (âgée de trente-cinq ans), probablement des suites d'une fausse couche ou d'un avortement.

1669. Janvier ou février : publication des *Plaideurs*.

5 février : à la faveur de la « paix de l'Église », Molière peut enfin créer *Tartuffe*, interdit depuis 1664.

13 décembre, première de *Britannicus* à l'Hôtel de Bourgogne, avec un succès très mitigé. Corneille, présent, aurait manifesté ouvertement sa désapprobation.

1670. 2 janvier : publication des *Pensées* de Pascal par Port-Royal.

Janvier ou février : publication de *Britannicus* avec une dédicace au duc de Chevreuse (lié à Port-Royal et gendre de Colbert) et une préface où Corneille est pris violemment à partie.

Rentrée de Pâques : la Champmeslé et son mari font leurs débuts à l'Hôtel de Bourgogne. On ne sait à quel moment Racine est devenu son amant.

30 juin : mort de Madame, Henriette d'Angleterre.

21 novembre : *Bérénice* est créée à l'Hôtel de Bourgogne avec la Champmeslé dans le rôle-titre. Une semaine plus tard, *Bérénice* de Corneille (publiée sous le titre de *Tite et Bérénice*) est montée par Molière au Palais-Royal. Éclatant succès de la pièce de Racine qui ternit le succès honorable de celle de Corneille.

1671. Janvier : abbé de Villars, *Critique de Bérénice*, suivie quelques jours plus tard de la *Critique de la Bérénice du Palais-Royal*.

17 janvier : création triomphale de *Psyché*, «tragédie-ballet» de Molière (associé à Corneille, Quinault et Lully), dans la grande salle des machines des Tuileries.

24 janvier : publication de *Bérénice*, avec une dédicace à Colbert.

3 février : publication de *Tite et Bérénice* de Corneille.

Mars : publication (anonyme) de la *Réponse à la Critique de Bérénice* (par Saint-Ussans).

3 mars : première de *Pomone*, premier opéra français. Succès triomphal.

1672. 5 janvier : création de *Bajazet* à l'Hôtel de Bourgogne ; très grand succès.

20 février : publication de *Bajazet*.

26 février : création d'*Ariane*, tragédie de Thomas Corneille, à l'Hôtel de Bourgogne ; la Champmeslé triomphe dans le rôle-titre.

Novembre : création de *Pulchérie*, comédie héroïque de Corneille, au théâtre du Marais. Succès honorable.

5 décembre : Racine est élu à l'Académie française.

18 décembre (?) : création de *Mithridate* à l'Hôtel de Bourgogne. Très grand succès qui se prolonge au moins jusqu'à la fin de février 1673.

1673. 12 janvier : réception de Racine à l'Académie française.

17 février : mort de Molière. Sa troupe fusionnera en juin avec celle du Marais, dissoute, et quittera le Palais-Royal, attribué à Lully, pour s'installer rive gauche (théâtre de l'Hôtel Guénégaud).

2 mars : Racine prend un privilège d'impression pour *Mithridate* et l'ensemble de son théâtre.

16 mars : publication de *Mithridate*.

Avril : création de *Cadmus et Hermione*, première véritable tragédie lyrique française, par Lully et Quinault.

29 novembre : publication des *Réflexions sur la Poétique d'Aristote* du Père Rapin (éd. datée de 1674).

Publication (sans date) à Utrecht d'une comédie satirique intitulée *Tite et Titus ou critique sur les Bérénices*.

1674. 11 janvier : création d'*Alceste, ou le Triomphe d'Alcide*, deuxième opéra de Lully et Quinault.

10 juillet : publication des *Œuvres diverses* de Boileau, contenant l'*Art poétique* et la traduction du *Traité du sublime*, attribué à Longin.

18 août : création d'*Iphigénie* dans le cadre des « Divertissements de Versailles » (5e journée) célébrant la conquête de la Franche-Comté.

27 octobre : Racine est reçu dans la charge (anoblissante) de trésorier de France et général des finances de Moulins.

Fin décembre : reprise triomphale d'*Iphigénie* à Paris, sur la scène de l'Hôtel de Bourgogne, où elle succède à *Suréna*, dernière tragédie de Corneille qui n'a obtenu qu'un succès mitigé.

1675. 1er janvier : Mme de Thianges offre au duc du Maine, son neveu, fils de Louis XIV et de Mme de Montespan, la « Chambre Sublime », jouet contenant sous forme de petites figurines de cire, outre Mme de Thianges, Mme de Lafayette et Mme Scarron (future Mme de Maintenon), La Rochefoucauld et son fils, Bossuet, Boileau, Racine et La Fontaine.

11 janvier : création à Saint-Germain de *Thésée*, troisième opéra de Lully et Quinault.

Fin janvier (?) : publication d'*Iphigénie*.

Avril : Pierre de Villiers, *Entretien sur les tragédies de ce temps*.

24 mai : création au théâtre Guénégaud de l'*Iphigénie* de Le Clerc et Coras.

26 mai : publication des *Remarques sur les Iphigénies de M. Racine et de M. Coras* (anonyme).

Juin (ou juillet) : longue satire en vers attribuée à Barbier d'Aucour et intitulée *Apollon charlatan* qui recense platement les principales critiques adressées aux différentes pièces de Racine.

Publication du premier volume (imprimé en 1674) de

l'édition collective des *Œuvres* de Racine, textes et préfaces remaniés.

1676. Début de l'année : deuxième volume de l'édition collective de ses *Œuvres*, achevé d'imprimer à la fin de 1675.
10 janvier : création à Saint-Germain d'*Atys*, quatrième opéra de Lully et Quinault.

1677. 1er janvier : création à l'Hôtel de Bourgogne de *Phèdre et Hippolyte* (elle prendra le titre de *Phèdre* seulement dans l'édition collective de 1687).
3 janvier : création au théâtre Guénégaud de la *Phèdre et Hippolyte* de Pradon, dont le succès tient en balance celui de la pièce de Racine.
5 janvier : création à Saint-Germain d'*Isis*, cinquième opéra de Lully et Quinault.
10 mars : publication de la *Dissertation sur les tragédies de Phèdre et Hippolyte* (anonyme).
13 mars : publication de la pièce de Pradon.
15 mars : publication de la pièce de Racine.
1er juin : Racine épouse Catherine de Romanet, dont il aura deux fils et cinq filles. Elle a vingt-cinq ans, et sa fortune est équivalente à celle que possède désormais Racine.
Septembre : la nouvelle se répand que Louis XIV a chargé Racine et Boileau d'être ses historiographes, emploi qui implique de renoncer à toute activité littéraire.

1678. Publication anonyme de *La Princesse de Clèves* de Mme de Lafayette.
Février-mars : Racine et Boileau suivent le roi dans la campagne qui aboutit à la prise de Gand ; on se moquera longtemps de l'extrême prudence des deux poètes.
11 novembre : baptême de Jean-Baptiste, premier enfant de Racine.

1679. 17 mai : visite de Racine à sa tante, la Mère Agnès de Sainte-Thècle, premier indice d'un rapprochement avec Port-Royal.
Novembre : Racine est soupçonné dans « l'Affaire des Poisons », la Voisin l'ayant accusé d'avoir empoisonné Marquise Du Parc en 1668.

1680. Janvier : les ordres sont prêts pour faire arrêter Racine quand on découvre que c'est une autre Du Parc qui avait été empoisonnée (en 1678).

17 mai : baptême de Marie-Catherine, deuxième enfant du poète.

18 août : création de la Comédie-Française, par la fusion de la Troupe Royale de l'Hôtel de Bourgogne et de la Troupe du Roi de l'Hôtel Guénégaud.

1682. 6 mai : Louis XIV s'installe définitivement à Versailles.

29 juillet : baptême d'Anne (« Nanette »), troisième enfant du poète.

1683. Pour le carnaval, Racine et Boileau composent un « petit opéra » (sans doute un livret de ballet) qui ne sera pas publié.

30 juillet : mort de la reine Marie-Thérèse.

6 septembre : mort de Colbert.

9 octobre (?) : mariage secret de Louis XIV et de Mme de Maintenon.

Fin de l'année : Racine devient (avec Boileau) l'un des neuf membres de l'Académie des inscriptions (dite Petite Académie).

1684. 2 août : baptême d'Élisabeth (« Babet »), quatrième enfant du poète.

1er octobre : mort de Pierre Corneille.

Fin de l'année : *Éloge historique du Roi sur ses conquêtes* par Boileau et Racine.

1685. 2 janvier : à l'occasion de la réception de Thomas Corneille au fauteuil de son frère à l'Académie française, Racine prononce un vibrant éloge de Pierre Corneille.

16 juillet : l'*Idylle sur la paix*, commandée à Racine par le marquis de Seignelay (fils et successeur de Colbert), est chantée (sur une musique de Lully) lors de l'inauguration de l'orangerie du château de Sceaux.

17 octobre : révocation de l'Édit de Nantes.

1686. Premier *Parallèle de MM. Corneille et Racine*, par Longepierre (à l'avantage de Racine).

29 novembre : baptême de Françoise (« Fanchon »), cinquième enfant du poète.

1687. 27 janvier : lecture à l'Académie française du *Siècle de Louis le Grand* de Charles Perrault, qui marque le début de la « querelle des Anciens et des Modernes ».

22 mars : mort de Lully.

15 avril : deuxième édition collective des *Œuvres* de Racine.

15 novembre : *Le Bréviaire romain en latin et en français* est

publié par Le Tourneux (avec la date 1688) ; la traduction de la plupart des hymnes des Féries est l'œuvre (ancienne mais revue) de Racine.

1688.   18 mars : baptême de Madeleine (« Madelon »), sixième enfant du poète.

Le même mois paraît la première édition des *Caractères* de La Bruyère.

26 novembre : mort de Quinault.

1689.   26 janvier : *Esther*, tragédie biblique commandée à Racine par Mme de Maintenon pour les jeunes filles de sa fondation de Saint-Cyr, est créée avec succès en présence du roi et d'une partie de la cour. La musique des parties chantées est l'œuvre de Moreau. La pièce est publiée à la fin du mois de février ou au début du mois de mars.

1690.   La tante de Racine, la Mère Agnès de Sainte-Thècle, est élue abbesse de Port-Royal des Champs.

12 décembre : Racine accède à la charge de gentilhomme ordinaire de la chambre du roi.

1691.   5 janvier : première répétition publique d'*Athalie* à Saint-Cyr devant le roi et quelques invités. Deux autres répétitions auront lieu en février en présence d'une assistance tout aussi restreinte. La pièce, qui du vivant de Racine ne fera jamais l'objet d'une création avec costumes, décor et orchestre, est publiée en mars.

1692.   2 novembre : baptême de Louis (« Lionval »), septième et dernier enfant du poète.

Publication sans nom d'auteur de la *Relation de ce qui s'est passé au siège de Namur* ; l'attribution à Racine est contestée.

1693.   15 juin : discours de réception de La Bruyère à l'Académie française contenant un parallèle entre Corneille et Racine abaissant le premier au profit de celui-ci.

Juillet : en réaction, Fontenelle, neveu de Corneille, publie un *Parallèle de Corneille et de Racine*, tout à l'avantage de Corneille.

2 novembre : Louis XIV accorde à Racine la survivance de sa charge de gentilhomme ordinaire en faveur de son fils aîné.

1694.   9 mai : Bossuet condamne le P. Caffaro qui venait de défendre la moralité du théâtre. Il cite l'exemple de Racine, « qui a renoncé publiquement aux tendresses de sa *Bérénice* ».

8 août : mort d'Antoine Arnauld à Bruxelles.

Fin de l'été : à la demande de Mme de Maintenon, Racine compose quatre *Cantiques spirituels,* dont trois sont mis en musique par Moreau et un par Delalande.

1695. 20 juin : Louis XIV attribue à Racine un logement à Versailles.

19 août : nomination de Mgr de Noailles (opposé aux jésuites et favorable aux jansénistes) comme nouvel archevêque de Paris.

Racine entreprend la rédaction (peut-être dès 1693) de l'*Abrégé de l'histoire de Port-Royal* (inachevé ; la première partie sera publiée en 1742, la seconde en 1767).

1696. Février : il achète une charge de conseiller secrétaire du roi.

1697. Troisième et dernière édition collective de ses *Œuvres* qui intègre *Esther, Athalie* et les *Cantiques spirituels* et qui contient de nombreuses corrections.

1698. Février-mars : il semble avoir été accusé de jansénisme auprès de Mme de Maintenon, mais le refroidissement de celle-ci et du roi à son égard relève de la légende ; seules sa sincère dévotion et les premières atteintes de la maladie le poussent à se tenir dans une semi-retraite.

15 mai : mort de la Champmeslé.

1699. 21 avril, entre trois heures et quatre heures du matin : mort de Racine (probablement d'un cancer du foie). Louis XIV donne son autorisation pour qu'il soit enseveli à Port-Royal, conformément à ses volontés.

1711. Destruction de Port-Royal des Champs. Le 2 décembre, les restes de Racine sont transférés en l'église Saint-Étienne-du-Mont, derrière le maître-autel, près de la tombe de Pascal.

1715. 1er septembre : mort de Louis XIV.

NOTICE

I. HISTOIRE DE LA PIÈCE

L'histoire d'*Athalie*, comme celle d'*Esther*, est inséparable de l'histoire de Saint-Cyr. Cette institution pour jeunes filles de pauvre noblesse était l'œuvre de Mme de Maintenon : d'abord établie à Noisy-le-Roi, elle fut officiellement fondée en 1686 par Louis XIV lui-même, sous le nom de maison de Saint-Louis, et fut alors installée à Saint-Cyr, à quelques centaines de mètres du parc de Versailles, dans des bâtiments construits à cette fin par Hardouin-Mansart[1]. Au nombre des exercices pédagogiques dont parle Racine au commencement de la Préface d'*Esther* figuraient de petites pièces de théâtre composées spécialement par la supérieure de l'institution, Mme de Brinon[2], selon l'usage en vigueur dans la plupart des collèges de garçons, en particulier dans les collèges jésuites. Mais Mme de Maintenon, lorsqu'elle eut pris connaissance de ces piécettes, les jugea détestables et souhaita que les jeunes filles s'essaient à apprendre de vraies tragédies, choisies dans le répertoire des deux meilleurs auteurs français du XVIIe siècle, Corneille et Racine. Elles jouèrent ainsi *Polyeucte* et *Cinna* de Corneille, ainsi que *La Marianne* de Tristan l'Hermite et *Andromaque*[3], mais ces «matières fort profanes», comme dit

1. L'ensemble des bâtiments fut terminé en 1687.
2. Ancienne religieuse ursuline, Mme de Brinon, qui était à l'origine de cette fondation, la dirigea jusqu'à la fin de 1688.
3. Mme de Caylus dans ses *Souvenirs* (éd. Bernard Noël, Mercure de France, 1967, p.95) s'en tient à *Cinna* et *Andromaque*; l'intendant de Saint-Cyr, Manseau (*Mémoires*, éd. Taphanel, Versailles, Bernard, 1902,

Racine dans la préface d'*Esther* en évitant de prononcer le mot *passion*, furent vite jugées «capables de faire des impressions dangereuses sur de jeunes esprits», particulièrement *Andromaque*. Ce dont, si l'on en croit Mme de Caylus[1], Mme de Maintenon s'ouvrit à Racine en lui écrivant en ces termes : «Nos petites filles viennent de jouer *Andromaque*, et l'ont si bien jouée qu'elles ne la joueront plus, ni aucune de vos pièces.» Et Mme de Caylus d'ajouter : «Elle le pria dans cette même lettre, de lui faire dans ses moments de loisir quelque espèce de poème moral ou historique dont l'amour fût entièrement banni, et dans lequel il ne crût pas que sa réputation fût intéressée, puisqu'il demeurerait enseveli dans Saint-Cyr ; ajoutant qu'il ne lui importait que cet ouvrage fût contre les règles, pourvu qu'il contribuât aux vues qu'elle avait de divertir les demoiselles de Saint-Cyr en les instruisant.» Précisions capitales, en ce qu'elles insistent sur le caractère *privé* du projet, donc délié de toute contrainte esthétique ; elles omettent seulement une contrainte pédagogique, qui était de permettre au plus grand nombre de jeunes filles de chanter, puisque le chant occupait une place importante dans les apprentissages de Saint-Cyr[2].

C'est le mercredi 26 janvier 1689 qu'eut lieu la première d'*Esther* à Saint-Cyr, en présence du roi, de sa famille, et d'une nombreuse suite choisie parmi les courtisans et les dames les plus en faveur. Ensuite les représentations s'enchaînèrent jusqu'au carême — le 29 janvier, puis les 3, 5 (exceptionnelle par la présence du roi et de la reine d'Angleterre, en exil depuis peu à

---

p. 85), nomme les autres pièces *Polyeucte* et *La Marianne*. Théophile Lavallée qui fit au xixᵉ siècle l'histoire de Saint-Cyr (*Mme de Maintenon et la Maison royale de Saint-Cyr*) ajoute *Iphigénie*.

1. *Souvenirs de Mme de Caylus*, p. 96. Mme de Caylus, présentée comme la nièce de Mme de Maintenon, était en fait la fille de son cousin germain ; elle avait épousé le comte de Caylus en 1686 à l'âge de treize ans. Louis Racine donne de longs extraits de ce passage des *Souvenirs de Mme de Caylus* dans ses *Mémoires contenant quelques particularités sur la vie et les ouvrages de Jean Racine* (dans Racine, *Œuvres complètes*, Bibliothèque de la Pléiade, Gallimard, 1999, vol. I, p. 1174-1176).

2. En faisant part à ses lecteurs des premières représentations d'*Esther* à Saint-Cyr, Donneau de Visé précise en effet : «Il y a des chœurs dans cette pièce, de vingt-quatre filles de Saint-Cyr, faits par M. Moreau, qui sont d'une grande beauté, et fort utiles à celles qui prennent le parti de la religion, puisqu'elles apprennent par là à chanter, ce qui est très nécessaire dans les couvents» (livraison de janvier 1689 du *Mercure galant*, cité par R. Picard dans le *Nouveau corpus racinianum*, p. 231).

Saint-Germain), 15 et 19 février —, toujours sous la conduite du roi qui semblait ne point se lasser de la pièce et qui, barrant l'entrée de sa canne, jouait au garde suisse, ne laissant passer, outre les membres de la famille royale qu'il avait personnellement conviés, que les privilégiés figurant sur l'étroite liste des invités dressée par Mme de Maintenon.

Moins d'un mois après la création d'*Esther* à Saint-Cyr, il est déjà question d'une nouvelle commande royale : «Racine va retravailler à une autre tragédie», écrivait dès le 28 février 1689 Mme de Sévigné à sa fille ; «Le Roi y a pris goût ; on ne verra autre chose[1]. » La nouvelle pièce, destinée à être créée à Saint-Cyr l'hiver suivant, ne fut pas prête à temps, et ce fut à nouveau *Esther* que l'on donna devant le roi à cinq reprises en janvier 1690. Non que Racine prît son temps, mais c'était cette fois une vaste tragédie en cinq actes qu'il avait entrepris de «tirer de l'écriture sainte». À la fin du mois de décembre 1689, on pensait qu'elle serait prête pour Pâques[2], mais en mars 1690, selon les *Mémoires* de Manseau, l'intendant de l'institution, les demoiselles de Saint-Cyr n'en sont encore qu'à répéter les chants — sous la direction de Moreau, qui avait une nouvelle fois composé la musique —, et une lettre de Boileau, datée des derniers jours de mai, annonce que Racine est «présentement tout occupé à finir sa pièce[3]». C'est en juillet qu'eut lieu une première répétition de l'ensemble en présence de Mme de Maintenon : «Les actrices s'en acquittèrent si bien qu'on ne douta point qu'elles ne fussent en état de la jouer devant Sa Majesté si les affaires de l'État lui permettaient d'en prendre le temps[4]. »

Cependant les représentations attendues ne suivent pas, et la nièce de Mme de Maintenon, Mme de Caylus, qui devait tenir le rôle d'Athalie, en donne l'explication suivante : «Mme de Maintenon reçut de tous côtés tant d'avis et tant de représentations des dévots, qui agissaient en cela de bonne foi, et de la part des poètes jaloux de la gloire de Racine, qui, non contents de faire parler les gens de bien, écrivirent plusieurs lettres anonymes, qu'ils empêchèrent enfin *Athalie* d'être représentée sur le théâtre.

1. Mme de Sévigné, *Correspondance*, éd. R. Duchêne, Pléiade, 1972, III, p. 520.
2. Voir la lettre de François Graverol à Michel Bégon du 22 décembre 1689, dans R. Picard, *Nouveau corpus racinianum*, p. 246.
3. Cité dans R. Picard, *Nouveau corpus racinianum*, p. 255.
4. Manseau, *Mémoires*, cité dans R. Picard, ouvr. cit., p. 256.

On disait à Mme de Maintenon qu'il était honteux à elle d'expo-
ser sur le théâtre des demoiselles rassemblées de toutes les parties
du royaume pour recevoir une éducation chrétienne, et que
c'était mal répondre à l'idée que l'établissement de Saint-Cyr
avait fait concevoir. J'avais part aussi à ces discours, et on trouvait
encore qu'il était fort indécent à elle de me faire voir sur un
théâtre à toute la cour[1]. » Ce que Mme de Caylus omet de pré-
ciser, c'est que les émois sentimentaux qui avaient troublé
quelques « actrices » en proie aux avances de jeunes seigneurs de
la cour lors de la reprise d'*Esther* en janvier 1690 — ce qui avait
conduit Mme de Maintenon à écourter la série de représentations — pesaient aussi de tout leur poids dans ces hésitations.
Tandis que tout demeurait ainsi suspendu durant de longs mois
— et que l'abbé Testu réussissait dans le même temps à obtenir
de Mme de Maintenon que les demoiselles apprissent la *Jephté*
composée par Boyer[2] —, Racine récitait *Athalie* « à tous ceux qu'il
a crus pouvoir y donner du crédit par leur approbation, [...] et
comme il le récitait mieux qu'aucun comédien, il a séduit les gens
les plus capables de bien juger de ces sortes de pièces[3] ». Est-ce
pour consoler Racine de ces atermoiements, pour le dédommager d'une entreprise qui ne devait jamais voir le jour, ou en consi-
dération de ses travaux d'historiographe du roi ? Toujours est-il
que le 12 décembre il accède à la charge très enviable — extraordinaire couronnement pour l'orphelin de La Ferté-Milon — de
gentilhomme ordinaire de la chambre du roi.

Il n'y eut donc jamais de création publique d'*Athalie*. Tout au
plus, trois répétitions « ouvertes », en janvier 1691, l'une devant
le roi et ses proches, l'autre devant quelques amies de Mme de
Maintenon, la troisième devant le roi et la reine d'Angleterre (en
exil) et quelques hauts personnages. Nous y revenons plus loin[4].
On ignore dans quelle mesure Racine fut déçu par la destinée de
sa pièce, quoique sa toute récente promotion nobiliaire dût avoir

1. *Souvenirs* de Mme de Caylus, éd. Bernard Noël, Mercure de France,
1967, p. 98.
2. Sur cette tragédie, voir Anne Piéjus, *Le Théâtre des demoiselles. Tragédie et musique à Saint-Cyr à la fin du Grand Siècle*, Paris, Société française de
musicologie/Klincksieck, 2000.
3. *Chansonnier Maurepas*, cité dans R. Picard, ouvr. cit., p. 274. Une de
ces lectures privées (le 15 novembre 1690, chez le marquis de Chande-
nier) est attestée par une lettre très admirative du janséniste Duguet
(citée dans R. Picard, *ibid.*, p. 258).
4. Voir « *Athalie* à la scène », p. 171-172.

de quoi le consoler. Mais, après tout, ne pas faire d'*Athalie* le divertissement mondain qu'avait été *Esther*, c'était revenir au projet initial de Mme de Maintenon lorsqu'elle avait passé sa première commande à Racine trois ans plus tôt : « divertir les Demoiselles de Saint-Cyr en les instruisant » au moyen de « quelque espèce de poème moral ou historique » qui « demeurerait enseveli dans Saint-Cyr[1] ». Programme exécuté à la lettre dans les années qui suivirent.

En réalité, *Athalie* ne resta pas vraiment confinée dans Saint-Cyr, puisque Racine, qui avait pris en décembre 1690 un privilège pour l'impression de sa pièce, la fit paraître dans une belle édition in-quarto en mars 1691. Quoique le peu que l'on savait d'elle — écho probable des quelques lectures qu'en fit Racine — fût très favorable[2], il ne semble pas que la réception de l'œuvre imprimée ait vraiment compensé l'absence de création publique. Si le volume s'est probablement bien vendu, puisqu'un an plus tard une nouvelle édition paraissait, dans l'habituel (et meilleur marché) petit format in-12, les réactions les plus favorables sont venues du milieu janséniste qui, en cette période très difficile pour Port-Royal, s'est reconnu dans le peuple hébreu persécuté et s'est plu à trouver dans la pièce « des portraits où il n'est pas besoin de dire à qui ils ressemblent » et « des endroits qui sont des dénonciations en vers et en musique[3] ». Le milieu littéraire resta

---

1. Selon les termes, on l'a vu, prêtés à Mme de Maintenon par sa nièce.
2. En témoigne l'*Histoire des ouvrages des savants*, revue protestante publiée à Rotterdam, qui annonce la publication en ces termes : « On dit qu'elle surpasse tout ce que les Anciens et les Modernes ont fait de ce genre, et qu'il y a des instructions admirables pour les princes » (février 1691, p. 282 ; cité par A. Piéjus, ouvr. cit., p. 553).
3. Lettre du P. Quesnel à Vuillard, dans R. Picard, ouvr. cit., p. 273. Curieusement, des érudits du xxe siècle se sont appuyés *sur ce seul texte* pour justifier l'idée qu'*Athalie* peindrait en fait, sous le couvert de l'histoire biblique, la récente révolution d'Angleterre qui avait renversé en 1688 le roi catholique Jacques II et installé à sa place son gendre (protestant) Guillaume d'Orange, tous les espoirs étant désormais reportés sur le tout jeune prince de Galles, âgé de deux ans en 1690 (voir notamment Gustave Charlier, « *Athalie* et la Révolution d'Angleterre », dans *De Ronsard à Victor Hugo. Problèmes d'histoire littéraire*, Université de Bruxelles, 1931, p. 137-166, et surtout Jean Orcibal, *La Genèse d'*Esther *et d'*Athalie, Vrin, 1950, qui pousse les idées de ses prédécesseurs jusqu'à leur dernière extrémité). Alors même que les contemporains se plaisaient à faire des « applications » (elles furent nombreuses à l'occasion d'*Esther*), aucun d'eux n'a seulement esquissé un commencement d'allusion à l'éventua-

dans l'ensemble silencieux — on ne connaît guère que le compte rendu obligé du *Journal des Savants* dont les éloges sont tellement mesurés que cela s'apparente à un enterrement[1] — ou s'associa aux chansons satiriques et autres épigrammes qui fleurirent alors, parmi lesquelles on retiendra cette chanson qui fait état du médiocre succès de l'œuvre :

> *Racine, de ton* Athalie
> *Le public fait bien peu de cas,*
> *Ta famille en est anoblie,*
> *Mais ton nom ne le sera pas*[2],

et cette épigramme attribuée à Fontenelle :

> *Pour expier ses tragédies*
> *Racine fait des psalmodies*
> *En style de* Pater Noster.
> *Moins il peut émouvoir et plaire,*
> *Plus l'œuvre lui semble exemplaire,*
> *Mais pour nous donner pis qu'*Esther
> *Comment Racine a-t-il pu faire*[3] ?

Le souvenir de cette réception médiocre ou frondeuse paraît être passé à la postérité puisque même Louis Racine, une cinquantaine d'années plus tard, n'a pas cherché à l'étouffer : il rapporte que son père se serait «étonné de voir que sa pièce, loin de

---

lité d'une telle dimension allégorique de la pièce, et R. Picard n'a eu aucun mal, à la suite de plusieurs autres spécialistes de Racine, à démontrer l'inanité d'une telle hypothèse (*La Carrière de Jean Racine*, p. 417-422).

1. Les deux tiers du compte rendu sont consacrés à un résumé de l'histoire (d'après la Bible et non d'après la pièce de Racine) et débouchent sur la conclusion suivante : «Ce sujet si riche de son propre fond, et d'ailleurs paré des plus précieux ornements de la poésie, ne pouvait manquer d'être reçu avec un applaudissement extraordinaire par la plus délicate de toutes les cours» (*Journal des Savants*, lundi 9 avril 1691, p. 118; cité partiellement par R. Picard dans le *Nouveau corpus racinianum*, p. 267-268). On voit que le travail même de Racine est gratifié de l'éloge le plus court et le plus anodin («paré des plus précieux ornements de la poésie») et qu'il n'est fait état que de l'approbation enthousiaste de la cour (ce qui ne laisse pas en outre d'éveiller les soupçons, quand on sait que la cour n'a pas vu la pièce).

2. *Chansonniers Maurepas et Clairembault*, dans R. Picard, ouvr. cit., p. 273.

3. *Ibid.*, p. 274.

faire dans le public l'éclat qu'il s'en était promis, restait presque dans l'obscurité ». Ce qui était, à vrai dire, une manière habile d'opposer l'aveuglement des contemporains de Racine à la clair-voyance d'un Boileau soutenant devant son ami « qu'*Athalie* était son chef-d'œuvre », et à la reconnaissance de la postérité[1].

II. LES SOURCES DE LA PIÈCE
ET LA CONSTRUCTION DE L'INTRIGUE

Comme l'explique Racine dans sa Préface, le sujet d'*Athalie* est tiré de deux livres de la Bible, le deuxième livre des *Rois*[2] et le deuxième livre des *Chroniques* (ou *Paralipomènes*) où les mêmes événements sont racontés en des termes très voisins. Le poète a consulté aussi les deux historiens qui avaient repris et quelque peu développé les récits bibliques, Flavius Josèphe (*Antiquités judaïques*) et Sulpice Sévère (*Histoire sacrée*), ainsi que « quelques interprètes » des Écritures saintes, comme il les nomme sans autre précision, dont on trouve la trace dans ses *Notes manuscrites sur Athalie*[3] ; sans oublier évidemment Lemaître de Sacy, traducteur

---

1. Louis Racine, *Mémoires…*, éd. cit., p. 1182.
2. Ou le quatrième livre, si l'on observe la classification de la *Vulgate* : ce que nous appelons aujourd'hui *Premier et Second Livres des Rois* correspondait dans la *Vulgate* (que lisait Racine, comme tous les catholiques) aux *Troisième et Quatrième Livres*, les deux premiers correspondant à ce qui est nommé aujourd'hui, d'après la Bible hébraïque, *Premier et Second Livres de Samuel*.
3. On peut lire cette série de références érudites, qui semble avoir été rédigée après la pièce, dans le vol. I des *Œuvres complètes*, Bibliothèque de la Pléiade, Gallimard, 1999, p. 1085-1088. Indépendamment de ces références, on peut se faire une idée des « interprètes » que Racine avait à sa disposition en consultant l'inventaire après décès de sa bibliothèque (donc établi huit ans seulement après *Athalie*), qui révèle la richesse tout à fait exceptionnelle de son fonds biblique : pas moins de six éditions différentes de la Bible (plus une traduction latine de la version grecque dite des *Septante*), de nombreuses éditions séparées de différents livres de l'Ancien Testament (*Pentateuque, Prophètes*, et surtout *Psaumes*, dont il possédait au moins trois éditions), sept éditions du Nouveau Testament ; à quoi s'ajoutent les nombreux ouvrages de ceux qu'il appelle dans la Préface d'*Esther* les « savants Interprètes de l'Écriture ». Sur cet inventaire, voir Enea Balmas, « L'inventario della biblioteca di Racine », *Annali dell'Università di Padova*, I, 1, 1965, p. 411-472 ; pour un commentaire de la partie religieuse de cette bibliothèque, voir Jean Dubu, « Racine et la Bible », repris aux p. 313-326 de son ouvrage *Racine aux miroirs* cité à la bibliographie.

et commentateur de l'essentiel de l'Ancien Testament et en particulier des *Livres des Rois*, et surtout « M. de Meaux » (Bossuet) qu'il mentionne à deux reprises et dont le *Discours sur l'Histoire universelle* nous paraît être, nous l'avons expliqué dans la préface, à l'origine de son projet et lui confère toute sa signification. En somme, Racine a écrit *Athalie* sans quitter un seul instant les yeux de la Bible et de ses commentateurs et interprètes — ce qui ne lui interdisait pas des réminiscences (comme celles de Corneille, ou d'Euripide[1]). Outrepasse-t-il les données bibliques et s'écarte-t-il en apparence des pratiques religieuses des Hébreux en imaginant qu'un grand prêtre ait pu songer à perpétrer une révolution politico-religieuse le jour sacré d'une des trois plus grandes fêtes juives ? Il a soin de choisir — il le fait énoncer dès le v. 4 et le souligne dans sa Préface — une célébration qui donne un sens à la révolution qui va avoir lieu : la Pentecôte juive n'est pas seulement la fête des prémices, elle célèbre « la mémoire de la publication de la Loi sur le mont de Sinaï » (Préface) et peut donc légitimement servir de cadre à l'entreprise de Joad qui n'est autre qu'une restauration de la « Loi » de Moïse face à la tyrannie idolâtre et anti-hébraïque d'Athalie. D'ailleurs les textes soulignent que Joad, après la mort d'Athalie, s'est empressé de rétablir l'antique alliance du peuple de Juda et de son roi avec Dieu, et Racine n'a pas omis cette importante circonstance à la fin de sa tragédie (v. 1803-1806).

Cependant, malgré ses potentialités tragiques, l'histoire du couronnement de Joas et de la mort d'Athalie, telle qu'elle était rapportée par les chroniqueurs bibliques, ne possédait aucun caractère dramatique : nul affrontement direct n'était donné à voir entre l'usurpatrice et le roi légitime, entre la grand-mère meurtrière et le petit-fils qui avait miraculeusement échappé à ses coups sans qu'elle le sache ; les émotions tragiques résultant d'un tel schéma d'affrontement ne figuraient dans le récit qu'à l'état latent et exigeaient une réorganisation pour pouvoir être développées comme de vraies émotions susceptibles de bouleverser le public.

En premier lieu, Racine a totalement renversé la perspective de l'histoire biblique en donnant toute l'initiative de l'action à Athalie et à son âme damnée Mathan, prêtre de Baal, qui ne faisait

---

1. Pour *Héraclius* de Corneille, voir notre préface, p. 10 et 17. Pour *Ion* d'Euripide, voir la note 2, p. 75.

l'objet que d'une brève mention dans la Bible à l'occasion de sa mort, consécutive à celle d'Athalie. Dès la première scène, le fidèle Abner — inventé expressément pour établir un lien entre le palais royal et le temple — prévient ainsi le grand prêtre Joad que le «Sanctuaire» de Dieu ainsi que sa personne même sont menacés, se déclarant persuadé de l'imminence d'une intervention.

Dès lors, l'acte II ne fait que confirmer que l'initiative est entièrement du côté d'Athalie. La menace est désormais incarnée : Racine invente de toutes pièces une première visite au temple, effet de l'égarement de la reine, terrifiée depuis trois jours par un obsédant cauchemar qui la renvoie à la mort de sa mère et lui figure la sienne propre par un enfant qui lui plonge un poignard dans la poitrine. Double menace, en fait : sur le temple d'une part, puisqu'elle intervient au milieu d'un sacrifice, qu'elle interrompt, et fait fuir le peuple ; sur l'enfant caché d'autre part, puisqu'elle reconnaît parmi les prêtres le candide assassin de son rêve, l'interroge et se dit prête à l'emmener avec elle dans son palais pour en faire son héritier. Plus menaçante que jamais, elle est cependant clairement animée par cet «esprit de vertige» que le Dieu de la Bible inspire à ceux dont il provoque la chute et sur lequel Bossuet a fortement insisté dans son *Discours sur l'Histoire universelle* : elle n'est plus maîtresse des événements qu'en apparence ; quittant la scène à l'acte II, elle n'y reviendra au milieu du cinquième que pour trouver sa perte. Athalie disparue, la menace s'accroît cependant avec l'intervention à l'acte III du terrible et cauteleux Mathan. Probablement conçu à l'origine sur le patron d'Aman (*Esther*), il se révèle, à travers la lecture qu'il fait de l'attention portée par les prêtres à l'enfant mystérieux, infiniment plus clairvoyant que celui-ci ; mais il est lui aussi animé par une passion aveugle qui contrebalance sa clairvoyance, forme d'esprit de vertige qui le conduira à sa perte. Relais scénique de la monstrueuse Athalie, ce personnage est l'image du persécuteur des juifs fidèles à leur Dieu et, au plan dramatique, le propagateur des émotions tragiques que sont la crainte et la pitié et qui atteignent leur comble en cette fin de l'acte III où la vie de l'enfant mystérieux est désormais directement menacée.

Si l'acte IV paraît retrouver la perspective du récit biblique — il n'est question que de la révélation de l'identité de Joas et de son couronnement, sous la conduite d'un grand prêtre omniprésent, tandis que sont rejetés à l'arrière-plan les ennemis du temple —,

Racine n'a pas modifié pour autant la perspective qu'il a adoptée depuis le début de l'action : passé le moment de recueillement, de ferveur et d'exaltation tout à la fois que constitue le couronnement d'un roi, la menace reparaît à la dernière scène avec l'annonce de l'encerclement du temple par les troupes de la reine. Toute l'initiative paraît encore du côté d'Athalie, alors qu'en fait elle a changé de camp depuis que Joas a été proclamé roi. Proclamation dont la nouvelle, il faut le souligner, n'a pas franchi les murs d'un temple soigneusement fermé depuis la fin de l'acte III : faisant menacer directement le sanctuaire par Athalie, Racine ne pouvait suivre le récit biblique en faisant parvenir l'écho des acclamations jusqu'aux oreilles de l'usurpatrice. Or cette transformation des données historiques a conduit le dramaturge à une ultime modification : quelle raison Athalie aurait-elle désormais d'entrer dans le temple, si nul, hormis ceux qui sont à l'intérieur, ne connaît la vérité ? Donner une motivation à cette arrivée, c'est imaginer d'*attirer* l'usurpatrice pour un autre motif : de là la création du piège dans lequel elle va tomber, au nom de son désir d'emmener l'enfant mystérieux et de s'emparer du prétendu trésor de David que recèlerait le temple. On le voit, l'idée même de ce piège a été rendue possible par la perspective que Racine a adoptée depuis le début : seule une Athalie constamment à l'initiative de l'action et animée par ses visées sur le sanctuaire — il lui est prêté dès la première scène un caractère avaricieux — peut ainsi continuer à croire qu'elle tient tout entre ses mains et que son entrée dans le temple constitue une victoire alors qu'elle va consommer sa défaite.

Note sur le texte

Athalie a fait l'objet de trois éditions contrôlées par Racine : l'édition originale in-4° de 1691, la petite édition in-12 publiée en 1692, puis la dernière édition collective de ses *Œuvres* en 1697.

Suivant le parti adopté dans la nouvelle édition du *Théâtre* et des *Poésies* de Racine dans la Bibliothèque de la Pléiade (*Œuvres complètes*, vol. I), nous avons reproduit le texte de la première édition, et nous avons strictement respecté la ponctuation et les majuscules d'origine, destinées à marquer les pauses, les accents et la hauteur de la voix dans la déclamation et la lecture à voix haute (pour les textes en vers, la lecture silencieuse était inconnue). Le respect des nombreuses majuscules, qui étaient à la fois des marques de déférence et de soulignement, nous a paru particulièrement important dans le cas d'une pièce religieuse : lesquelles supprimer, lesquelles conserver sans induire le lecteur sur une certaine interprétation du texte ? écrira-t-on le Temple, ou le temple pour désigner le temple de Salomon ? le Roi ou le roi pour désigner Joas ? le Père des Juifs ou le père des Juifs pour désigner Abraham ? En la matière, tout autre parti que la fidélité à l'original est intenable.

Nous nous sommes donc borné à moderniser l'orthographe et à corriger les coquilles, erreurs et oublis manifestes (corrections faites sur la base des éditions postérieures)[1]. Parmi ces oublis manifestes, on compte quatre séries d'omissions de plusieurs vers du chœur : les trois premières omissions (v. 369-370, 782-794, 804-809) qui correspondent à des passages chantés figurent sur la partition publiée en 1691 (ou 1692) par Moreau sous le titre *La Musique d'Athalie par J. B. Moreau.* Le premier passage a été rétabli dès l'édition de 1692. Seule la dernière omission, dans la mesure où elle figure dans une partie non chantée du chœur de l'acte III (v. 1195-1204), ne se retrouve pas dans le fascicule publié par Moreau et pourrait donc être en fait un véritable ajout : mais comme ce passage appartient à une scène dévolue au chœur, dont nous venons de voir que Racine à trois reprises ne s'est pas soucié d'en vérifier l'impression avec exactitude, et qu'il apparaît dès l'édition de 1692, il nous a semblé qu'il s'agissait ici encore d'une simple omission.

Les corrections apportées par Racine d'une édition à l'autre sont minimes. Dans l'édition de 1692, il a modifié deux vers (v. 43-44), rétabli deux des quatre omissions signalées ci-dessus, et ajouté trois indications marginales ; à quoi s'ajoutent 17 modifications de ponctuation. Dans l'édition de 1697, on ne compte, outre le rétablissement des deux dernières omissions, que trois infimes rectifications qui n'affectent pas le sens. En revanche, on relève 105 modifications de ponctuation : suppression de quelques virgules d'intensité placées à l'intérieur des vers, et ajout presque systématique de virgules en fin de vers.

---

1. Liste des corrections : v. 161 *pas !* (1691-1692) / 169 *Accusent* (toutes éd.) / 170 *fureur* (pas de ponctuation) (1691-1692) / 327 *le rend* / 615 *d'alarmes.* / 996 *prépare,* / 1124 *mérites.* / 1137 *Soit-ce* / 1223 *dont les Cieux* / 1525 *transports affable* / 1689 *Dieu.* (toutes éd.) / 1776 *M'a* (1691-1692).

ATHALIE À LA SCÈNE

Comme nous l'avons expliqué dans la Notice, en fait de création *Athalie* ne donna lieu qu'à trois répétitions données en présence de quelques invités de marque. C'est le 5 janvier 1691,
comme le rapporte le marquis de Dangeau dans son *Journal*, que
« le roi et Monseigneur [le dauphin] allèrent l'après-dîner à
Saint-Cyr où il y eut une répétition d'*Athalie* avec la musique[1] ». À
la date du 8 février, Dangeau mentionne une autre répétition à
laquelle Mme de Maintenon « mena fort peu de dames ». Le 22
du même mois eut lieu la dernière répétition « ouverte », en présence des illustres exilés, le roi et la reine d'Angleterre[2], et d'un
tout petit nombre de privilégiés, parmi lesquels le P. de La
Chaise, confesseur du roi, et Fénelon. Telle fut la « carrière
publique » — si tant est que ce mot convienne — d'*Athalie*, trois
répétitions, avec tout ce qu'engage ce mot de *répétition* : « Le
théâtre et les habits qui avaient servi à la représentation d'*Esther*
furent supprimés, et les répétitions se firent dans la classe bleue[3]

---

1. Cité dans R. Picard, ouvr. cit., p. 265.
2. Jacques II, monté sur le trône d'Angleterre en 1685, mais resté fidèle
au catholicisme, avait été détrôné par son gendre, Guillaume d'Orange,
trois ans plus tard ; avec son épouse il avait été accueilli par Louis XIV qui
les avait installés à Saint-Germain (janvier 1689).
3. Les Demoiselles de Saint-Cyr étaient réparties par couleurs (marquées par le ruban qu'elles portaient) en fonction de leur âge : la classe
rouge regroupait celles qui avaient de sept à onze ans ; la classe verte
celles qui avaient entre onze et quatorze ans ; la classe jaune celles
qui avaient entre quatorze et dix-sept ans ; la classe bleue les plus
grandes.

qui fut illuminée pour ce sujet ; et quoique cela se fit avec les habits ordinaires, les chants ni la bonne grâce des Demoiselles n'en reçurent pas moins d'acclamations[1]. » Ni décor, ni costumes, on le voit, non plus que d'orchestre : les jeunes filles chantèrent au son d'un simple clavecin, et Mme de Maintenon fit dédommager financièrement le compositeur pour le consoler d'avoir été privé de l'honneur de diriger « la symphonie ».

Rien ne changea dans les années suivantes : *Athalie*, en alternance avec d'autres pièces saintes comme *Esther* ou la *Jephté* de l'abbé Boyer, continua à servir de « récréation » aux jeunes filles et à être montrée de loin en loin, sous cette forme, à d'illustres et très rares visiteurs de la fondation[2]. Du fait de la défense faite par le roi de représenter *Esther* et *Athalie* sur tout théâtre public, du fait de l'hostilité manifestée par Racine lui-même envers le théâtre profane, il était impensable pour des comédiens professionnels de se risquer à la créer sur une scène professionnelle.

Ce n'est qu'après la mort de Racine que la pièce commença à sortir de la clôture dans laquelle elle restait enfermée. En janvier et février 1702, c'est la jeunesse de la cour, emmenée par la duchesse de Bourgogne et le duc d'Orléans, qui donna des représentations d'*Athalie* à l'occasion du carnaval, en alternance avec *Absalon* de Duché de Vancy, *La Ceinture magique* de Jean-Baptiste Rousseau et *Électre* de Longepierre. Signalées par le *Mercure galant* de février 1702[3], dûment notées dans son *Journal* par Dangeau, ces représentations ont été commentées par Saint-Simon dans ses *Mémoires* : « Le roi vit en grand particulier, mais souvent, et toujours chez Mme de Maintenon, des pièces saintes comme *Absalon*, *Athalie*, etc. Mme la duchesse de Bourgogne, M. le duc d'Orléans, le comte et la comtesse d'Ayen, le jeune comte de Noailles, Mlle de Melun, poussée par les Noailles, y faisaient les principaux personnages en habits de comédiens fort magnifiques. Le vieux Baron, excellent acteur, les instruisait et jouait avec eux, et quelques

1. *Mémoires* de Manseau, dans R. Picard, ouvr. cit., p. 265.
2. Voir le *Journal* de Dangeau qui signale à la date du 6 février 1697 que la princesse de Savoie a vu *Athalie* à Saint-Cyr (cité dans R. Picard, ouvr. cit., p. 395), une semaine après avoir joué dans *Esther* le personnage d'une Israélite (*ibid.*). Deux ans plus tard, c'est à Versailles, chez Mme de Maintenon, que la princesse, devenue duchesse de Bourgogne, vit à nouveau représenter la pièce par les Demoiselles de Saint-Cyr : « cela se fit fort en particulier », précise Dangeau (*ibid.*, p. 433).
3. Voir le compte rendu du *Mercure* et l'extrait du *Journal* de Dangeau dans R. Picard, ouvr. cit., respectivement p. 478 et 477.

domestiques de M. de Noailles. [...] Il n'y avait de place que pour quarante spectateurs. Monseigneur [le dauphin], les deux princes ses fils, Mme la princesse de Conty, Mme du Maine, les dames du palais, Mme de Noailles et ses filles y furent les seuls admis. Il n'y eut que deux ou trois courtisans en charge et en familiarité, et pas toujours. Madame y fut admise avec son grand habit de deuil[1]. » Représentations très privées, on le voit, malgré la publicité faite par le *Mercure galant*, et qui n'eurent pas de suite immédiate.

À l'extrême fin du règne de Louis XIV, cependant, le désir de voir la pièce jouée par des comédiens professionnels semble s'être fait plus pressant. On garde la trace d'une représentation privée qui eut lieu en 1714 chez la duchesse du Maine, épouse du fils préféré (bâtard légitimé) de Louis XIV : pour la première fois des acteurs professionnels tinrent les rôles principaux. Et l'on est en droit de penser que ce ne fut pas un cas isolé.

Enfin, en 1716, quelques mois après la mort de Louis XIV, le duc d'Orléans, régent du royaume, qui avait personnellement participé aux représentations de 1702, leva l'interdiction promulguée par Louis XIV lors de la publication de la pièce en autorisant la Comédie-Française à la monter sur son théâtre parisien (tout en maintenant l'interdiction pour *Esther* jusqu'à la mort de Mme de Maintenon, en 1719). Quoique la pièce fût donnée sans les chœurs, ce qui lui ôtait une bonne part de sa spécificité, le succès fut grand, et entre le 3 mars et la fermeture du théâtre pour la relâche de Pâques, le 28 mars, *Athalie* fut représentée quatorze fois. Deux jours plus tard, elle fut jouée aux Tuileries, dans l'appartement du tout jeune roi Louis XV, provoquant, si l'on en croit Louis Racine, l'attendrissement de l'assistance, frappée par la proximité de l'âge de Joas et de Louis XV — Louis XV, « précieux reste » de la descendance de Louis XIV après les morts prématurées de son grand-père, le dauphin, et de son père, le duc de Bourgogne[2].

La pièce était désormais entrée au répertoire de la Comédie-Française, qui en donna 209 représentations durant tout le XVIIIe siècle[3], loin derrière *Phèdre* (424), *Iphigénie* (348), *Andro-*

---

1. *Mémoires* de Saint-Simon, éd. Y. Coirault, Pléiade, vol. II, p. 151-152.
2. Voir Louis Racine, *Mémoires*, dans *Œuvres complètes* de Racine, Pléiade, 1999, vol. I, p. 1182.
3. Mais sur ce total, les chœurs ne furent donnés qu'à huit reprises : voir plus loin, p. 178.

maque (296), *Britannicus* (289) et *Mithridate* (249), mais devant
Bajazet (184), *Bérénice* (78), *Esther* (8), *La Thébaïde* (8) et *Alexandre
le Grand* (3). Le nombre de représentations augmenta au
XIXᵉ siècle pour arriver au chiffre de 255. S'il est vrai que le
nombre total de représentations des tragédies raciniennes a augmenté parallèlement[1], il est notable, à considérer le détail des
pièces, que dans le même temps *Bérénice* (24 représentations),
Bajazet (162), *Mithridate* (165) et même *Iphigénie* (333) ont
reculé : *Athalie*, désormais plus goûtée que *Mithridate*, est ainsi
passée du sixième au cinquième rang.

En un temps où l'art de la mise en scène n'existe pas encore,
toutes les appréciations portées sur les reprises d'*Athalie* durant
ces deux siècles concernent d'une part l'interprétation des deux
rôles principaux, Athalie et Joad, d'autre part la dimension spectaculaire de l'œuvre. Pour ce qui est d'Athalie, deux actrices semblent avoir dominé leur siècle respectif : Mlle Dumesnil au milieu
du XVIIIᵉ siècle[2], qui, tout en donnant une image « effrayante » du
personnage, jouait sur le mode caressant lors de l'interrogatoire
du petit roi Joas ; Rachel, cent ans plus tard, qui, en dépit de ses
vingt-sept ans, faisait une Athalie très âgée[3], roide et chancelante
à la fois, entrant en scène comme hallucinée, puis menant l'interrogatoire de Joas avec un calme inquiétant (se rapprochant sur
ce point de l'interprétation de la Dumesnil). Quant à Joad, aucun
des acteurs qui tinrent le rôle au XVIIIᵉ siècle (Beaubour, Baron,
Brizart, Saint-Prix) ne semble l'avoir marqué, d'autant que le
fameux Lekain, proche des « philosophes » qui considéraient
le grand prêtre comme un fanatique et un odieux conspirateur,
préférait le rôle d'Abner et n'interpréta Joad qu'à deux reprises.
Tout changea au XIXᵉ siècle : trois acteurs marquèrent le rôle,
Talma, qui au début du siècle en donna une interprétation « prophétique », tonnant, grondant et au moment de la prophétie du
troisième acte tremblant comme dans une transe ; Beauvallet, qui
reprit le rôle en 1859 et en donna l'image d'un violent conspirateur tout en faisant acclamer par la salle debout sa voix éclatante

---

1. De 2 603 représentations au XVIIIᵉ siècle à 2 893.
2. Avant elle, le rôle avait été tenu successivement par Mlles Desmares,
Duclos, et Lecouvreur ; la Clairon réussit à reprendre le rôle à la Dumesnil à l'occasion du mariage du dauphin en 1770, mais son interprétation
fut un échec.
3. Au début du siècle, Mlle Georges avait au contraire figuré pour la
première fois une Athalie jeune.

au moment de la prophétie ; Mounet-Sully, enfin, en 1892, qui
revint à la dimension religieuse et prophétique du personnage et
que les spectateurs ont décrit comme véritablement habité d'un
feu intérieur.

Si le XVIIIe siècle ne se soucia pas du côté spectaculaire de
la pièce (il est significatif que les chœurs furent donnés pour
la première fois en 1791, comme on le verra plus loin), il en alla
autrement au siècle suivant. Mais le résultat fut rarement à la
hauteur des intentions. Voici ce qu'écrivait le poète Théophile
Gautier en 1847 : « La reprise d'*Athalie* a été un triomphe pour
Mlle Rachel et une honte pour le Théâtre-Français. Rien ne peut
donner une idée de la mise en scène d'*Athalie* ; c'est de la pompe
comique, du Racine travesti. La figure des lévites, la tournure des
lévites, le costume des lévites, la désinvolture des soldats de Dieu,
c'est certainement la chose la plus plaisante qu'on ait jamais vue.
[…] En vain Ligier leur dicte les ordres divins d'une voix grave et
sonore : dès qu'ils obéissent, c'est-à-dire dès qu'ils remuent, les
rires recommencent et la tragédie s'engloutit. Et ceux qui jouent
du théorbe et de la harpe, dans le tabernacle, sur les marches de
l'autel, qu'ils sont amusants, ceux-là ! quelle activité ! comme ils se
démènent ! Les poètes de Dieu valent bien les soldats de Dieu.
Chose étrange, ils jouent de la harpe, on ne voit que des harpes
et l'on n'entend que des contrebasses ! Mais aussi ils ont une
manière de tirer les cordes qui doit produire des sons tout parti-
culiers. » Il faut semble-t-il attendre 1892 pour qu'*Athalie*, sous
l'impulsion de Mounet-Sully, soit représentée dans un décor et
avec une pompe jugée satisfaisante par un critique aussi difficile
qu'Émile Mas : « *Athalie* se joue dans un décor magnifique composé d'après une belle gravure de l'*Histoire de l'art dans l'antiquité*.
Les acteurs portent de superbes costumes ; Mounet-Sully m'a rappelé le Joad du tableau de Coypel du Musée du Louvre. La figu-
ration est admirablement réglée, les différentes évolutions des
lévites et des jeunes filles, leur attitude pendant l'invocation, le
grand mouvement provoqué par l'appel du Grand-Prêtre — "Soldats du Dieu vivant, défendez votre Roi" —, enfin le tableau final,
Joas sur le trône entouré de tout son peuple poussant des cris d'allégresse pendant que les trompettes sonnent joyeusement la déli-
vrance, tout cela est d'un superbe effet, c'est beau, c'est vivant,
c'est grandiose, digne de Racine et de la Comédie-Française[1]. »

1. *Comoedia*, 5 janvier 1910.

Au xx⁰ siècle, *Athalie* n'a été représentée à la Comédie-Française que 160 fois. Véritable effondrement, d'autant plus sensible que le nombre total des reprises de Racine a très fortement augmenté (2 848 jusqu'en 1997 à la Comédie-Française). Ce qui la place au sixième rang devant *Esther* (152), *Bajazet* (151) et *Iphigénie* (137)[1], mais très loin après *Andromaque* (626), *Britannicus* (546), *Phèdre* (474) et *Bérénice* (394), — *Mithridate* avec 171 représentations, ayant retrouvé la cinquième place qui était la sienne au xviii⁰ siècle. En outre, si l'on excepte les représentations de 1910 qui reprenaient la mise en scène de 1892, aucune des créations ne semble avoir fait date : ni la mise en scène de Georges Le Roy en 1939[2], dont la reprise en 1947 ne semble avoir frappé les esprits que pour sa nouvelle musique[3] — et ce, en dépit d'un travail de réflexion approfondi du metteur en scène, dont témoigne un livre publié quelques années plus tard[4]; ni celle de Véra Korène en 1955[5], remarquée surtout pour le décor et les costumes du peintre Jean Carzou; ni celle de Maurice Escande en 1968 (et de nouveau en 1973), qui reprend justement les décors et costumes de Carzou et dont les critiques ne retiennent guère que l'interprétation d'Athalie par Annie Ducaux[6]. Cette mise en scène fut reprise en 1973, reprise qui marqua la dernière apparition d'*Athalie* à la Comédie-Française.

Les théâtres privés et, dans la seconde moitié du xx⁰ siècle, les théâtres dits de la «décentralisation» ont conforté cette hiérarchie : ils ont proposé de nombreuses créations des quatre tragédies les plus jouées par la Comédie-Française sans toucher ou

---

1. Rappelons que les deux premières tragédies de Racine, *La Thébaïde* et *Alexandre*, sont quasiment exclues du répertoire.
2. Avec Jean Yonnel (Joad), Henriette Barreau (Athalie), Raoul-Henry (Abner), Jacques Eyser (Mathan), Suzanne Nivette (Josabet), Christiane Carpentier (Zacharie), sans oublier la jeune Jeanne Moreau (née en 1928) qui tenait le rôle du petit roi Joas. Cette mise en scène avait été devancée de peu par une autre création donnée à l'Odéon-Théâtre-National en mars de la même année 1939 (mise en scène Paul Abram).
3. Voir ci-après p. 179.
4. *Athalie de Jean Racine*, Le Seuil, 1952.
5. Avec Jean Davy (Abner), Jacques Eyser (Joad), Jean Marchat (Mathan), Véra Korène (Athalie), Louise Conte (Josabet).
6. À ses côtés, Georges Aminel (Joad), Claude Winter (Josabet), René Arrieu (Abner), Michel Etcheverry (Mathan), Dominique de Keuchel (Joas). En 1973, toujours aux côtés d'Annie Ducaux figuraient : Dominique Rozan (Joad), Geneviève Casile (Josabet), René Arrieu (Abner), Georges Riquier (Mathan).

presque à *Athalie*. La plus célèbre exception remonte à 1920, lorsque Sarah Bernhardt, rentrée d'Amérique, voulut créer le rôle sur son théâtre : amputée d'une jambe et de ce fait incapable de se déplacer seule, elle dut adapter son jeu à sa condition physique. Si l'ensemble de la mise en scène fut jugé décevant, les deux grandes apparitions d'Athalie stupéfièrent les spectateurs. Parmi eux, le célèbre metteur en scène Antoine n'a pas dissimulé son admiration pour la performance de Sarah Bernhardt : « Nous ne retrouvons plus les intonations, les effets consacrés des morceaux les plus connus ; c'est une refonte prodigieuse et complète des traditions désuètes ; les mots, les vers immortels chantant dans notre mémoire, apparaissent comme neufs et jamais entendus[1]. »

Mais en même temps, raisonnant plus largement sur la réception d'*Athalie* par les spectateurs du xxᵉ siècle, Antoine se demandait comment le public de son temps, qui a perdu le sens du sacré, pouvait être sensible à une action dramatique dont le véritable protagoniste n'est autre que Dieu. Conscience d'une difficulté majeure, qui explique qu'aucun des grands noms qui ont au xxᵉ siècle marqué la mise en scène des tragédies de Racine — d'Antoine lui-même à Vitez en passant par Copeau, Jouvet ou Baty — n'a osé s'attaquer à cette tragédie.

Seul Roger Planchon pensa pouvoir tourner la difficulté : il monta *Athalie* en 1980 au T.N.P. de Villeurbane en association avec *Dom Juan* de Molière, la comédie qui lui est sans doute la plus contraire : l'endroit et l'envers, la tragédie de Dieu et la comédie du libertin, l'une et l'autre représentées dans le même décor et avec les mêmes acteurs. La mise en scène de Planchon se caractérisait par une atmosphère tantôt religieuse et onirique (c'est un ange qui prononce certaines répliques du chœur), tantôt violente pour exprimer les affrontements politiques (cris, courses, agression par Mathan et ses affidés des jeunes filles du chœur, soldats armés de canons qui assiègent le temple), et par une symbolique lourdement soulignée (décor dominé par une énorme coupole évoquant les églises baroques du xviiᵉ siècle ; scènes finales marquées par la présence d'un cercueil symbolisant l'immolation d'Athalie tandis qu'un immense ostensoir descendait des cintres). Bref, une mise en scène qui refusait toute perspective biblique et providentielle et mettait l'accent, au tra-

1. *Le Théâtre*, 12 avril 1920.

vers de nombreux effets de distanciation, sur les enjeux politiques et religieux du xviiᵉ siècle français. Ce que confirmaient les interventions du chœur de jeunes filles : les actrices représentaient non point les filles de Sion, mais les pensionnaires de Saint-Cyr — jeunes écolières sages et dissipées à la fois — *jouant* les filles de Sion.

Destin des chœurs en musique

Que dans sa Préface Racine n'ait pas expressément rendu hommage à Jean-Baptiste Moreau[1], compositeur de la musique des chœurs, comme il l'avait fait en publiant *Esther*, ne doit pas induire à penser qu'il n'en était pas satisfait. Sinon, on comprend mal qu'il ait accepté que le même Moreau compose en 1694 la musique destinée à accompagner trois de ses quatre *Cantiques spirituels*. C'est que cette fois, les circonstances n'étaient pas les mêmes : seuls quelques très rares privilégiés avaient pu, à l'occasion de l'une des trois répétitions qui avaient constitué toute la carrière de la pièce, entendre la musique ; encore celle-ci avait-elle été privée de tout éclat puisque les chants n'étaient accompagnés que du clavecin. C'eût été d'ailleurs accroître la déconvenue de Moreau que d'y faire allusion. Bref, la Préface d'*Athalie* ne rend pas compte d'un spectacle, elle se borne à présenter un texte : dans ce cadre, Moreau n'avait pas sa place.

Mais ce silence de Racine devait, sans qu'il pût s'en douter évidemment, peser lourdement sur la destinée de cette musique. Entre la reprise de 1716 à la Comédie-Française et 1770, *Athalie* fut toujours représentée sans les chœurs de Moreau. Ils ne furent rétablis que lors d'une représentation exceptionnelle qui eut lieu cette année-là à l'Opéra de Versailles ; encore furent-ils affaiblis par l'adjonction de morceaux venus d'ailleurs[2] ! Ce fut, semble-t-il, leur dernière apparition — du moins jusqu'à la seconde moitié du xxᵉ siècle[3]. En 1785, à Berlin, les chœurs furent chantés sur une musique de Jean Abraham Schultz, et en 1791, lorsque la Comédie-Française donna pour la première fois *Athalie* avec les chœurs (8 représentations successives), ce fut sur une musique de

1. 1656-1733. On possède peu de renseignements sur sa vie et sa carrière : voir l'ouvrage cité d'Anne Piéjus, *Le Théâtre des demoiselles*, p. 68-82.
2. Fut ajouté notamment le chœur du serment d'*Ermelinde*, opéra de Philidor (les vers étaient de Sedaine).
3. Dans une mise en scène de Jean Gillibert en 1959.

François-Joseph Gossec, avec solos de Haydn — reprise en 1820 lors de la première création avec chœurs du XIXᵉ siècle. En 1810 Boïeldieu, alors à Saint-Pétersbourg, composa à son tour une musique pour *Athalie*, qui fut exécutée en 1836 pour une représentation exceptionnelle à l'Opéra, deux ans après sa mort, puis en 1838 à la Comédie-Française. En 1859, ce fut une musique nouvelle de Jules Cohen qui fut donnée (15 représentations). Toutes ces musiques furent oubliées au profit de celle de Mendelssohn-Bartholdy, écrite en 1840 pour une traduction allemande de la tragédie, créée à Berlin en 1845 et reprise à la Comédie-Française en 1892, et qui, du fait de son succès (y compris en France), demeure à ce jour la plus connue et la plus souvent utilisée[1], en dépit de nombreuses partitions composées depuis lors par des compositeurs français, depuis Félix Clément et Jules Cohen, sous le Second Empire, jusqu'à Marius Constant[2], en passant par Reynaldo Hahn (à la demande de Sarah Bernhardt). Mais, comme si cette abondance ne suffisait pas et comme s'il suffisait de renouveler la musique pour renouveler l'ensemble d'une démarche théâtrale, la Comédie-Française a souvent mis un point d'honneur à commander de nouvelles compositions : ce fut le cas en 1947, où l'on demanda une partition à Tony Aubin, et, quoiqu'elle ait été unanimement saluée par la critique, une nouvelle partition fut composée en 1955 par Léon Algazi sur la base de thèmes hébraïques, partition qui fut jouée à nouveau lors de la reprise de 1968. Quant à la dernière création en date, celle de 1980 au T.N.P., elle faisait réciter et non chanter les chœurs.

1. Ainsi pour les mises en scène de l'Odéon en mars 1939 à l'occasion des célébrations du tricentenaire de la naissance de Racine, ou des Chorégies d'Orange en août 1950.
2. Musique reprise en 1961 dans la mise en scène de Marcelle Tassencourt au Théâtre Sarah Bernhardt (avec la comédienne Sylvie dans le rôle-titre).

REPÈRES BIBLIOGRAPHIQUES

L'ampleur considérable de la bibliographie racinienne nous a conduit à présenter ci-après une sélection très étroite des travaux publiés au cours des cinquante dernières années.

I. ÉDITIONS

Racine, *Œuvres complètes*, par Raymond Picard, Gallimard, « Bibliothèque de la Pléiade », 1951, t. I.

Racine, *Œuvres complètes*, par Georges Forestier, Gallimard, « Bibliothèque de la Pléiade », 1999, t. I.

Racine, *Théâtre complet*, par Jacques Morel et Alain Viala, Garnier, 1980.

Racine, *Théâtre complet*, par Jean-Pierre Collinet, Gallimard, « Folio classique », 1982-1983, 2 vol.

Racine, *Théâtre complet*, par Philippe Sellier, Imprimerie nationale, « La Salamandre », 1995, 2 vol.

Racine, *Théâtre complet*, par Jean Rohou, Hachette, 1998 (coll. « La Pochothèque »).

II. TRAVAUX SUR RACINE

N.B. Nous laissons de côté les travaux qui excluent complètement les tragédies bibliques de Racine. En revanche, nous citons quelques ouvrages généraux sur la littérature et le théâtre du xviie siècle qui contiennent des pages importantes sur Racine.

Adam, Antoine, *Histoire de la littérature française au xviie siècle*, Domat, 1948-1956, 5 vol. (rééd. Del Duca, 1962 ; réimpr. Albin Michel, 1996).

Backès, Jean-Louis, *Racine*, Le Seuil, 1981.

Barnwell, Harry T., *The Tragic Drama of Corneille and Racine. An Old Parallel Revisited*, Oxford, Clarendon Press, 1982.

Barthes, Roland, *Sur Racine*, Le Seuil, 1963.

Benhamou, Anne-Françoise, *La Mise en scène de Racine de Copeau à Vitez*, thèse de doctorat de 3e cycle, Université Paris III, 1983, 3 vol.

Bénichou, Paul, *Morales du Grand Siècle*, Gallimard, 1948.

Bernet, Charles, *Le Vocabulaire des tragédies de Jean Racine : analyse statistique*, Paris-Genève, Champion-Slatkine, 1983.

Biet, Christian, *Racine*, Hachette, 1999.

Butler, Philip, *Classicisme et baroque dans l'œuvre de Racine*, Nizet, 1959.

Delcroix, Maurice, *Le Sacré dans les tragédies profanes de Racine*, Nizet, 1970.

Descotes, Maurice, *Les Grands Rôles du théâtre de Jean Racine*, PUF, 1957.

Dubu, Jean, *Racine aux miroirs*, SEDES, 1992.

Émelina, Jean, *Racine infiniment*, SEDES, 1999.

France, Peter, *Racine's Rhetoric*, Oxford, Clarendon Press, 1965.

Freeman, Bryant C., et Batson, Alan, *Concordance du théâtre et des poésies de Jean Racine*, Ithaca, Cornell University Press, 1968, 2 vol.

Garrette, Robert, *La Phrase de Racine. Étude stylistique et stylométrique*, Toulouse, Presses Universitaires du Mirail, 1995.

Goldmann, Lucien, *Le Dieu caché. Étude sur la vision tragique dans les « Pensées » de Pascal et dans le théâtre de Racine*, Gallimard, 1956.

Guénoun, Solange, *Archaïque Racine*, New York, Peter Lang, 1993.

Gutwirth, Marcel, *Jean Racine : un itinéraire poétique*, Université de Montréal, 1970.

Hawcroft, Michael, *Word as Action. Racine, Rhetoric and Theatrical Language*, Oxford, Clarendon Press, 1992.

Heyndels, Ingrid, *Le Conflit racinien, esquisse d'un système tragique*, Éd. de l'Université de Bruxelles, 1985.

Hubert, Judd D., *Essai d'exégèse racinienne. Les secrets témoins*, Nizet, 1956.

Knight, Roy C., *Racine et la Grèce*, Boivin, 1950 ; rééd. Nizet, 1974

Loukovitch, Kosta, *L'Évolution de la tragédie religieuse classique en France*, Paris, Droz, 1933 ; rééd. Genève, Slatkine Reprints, 1977.

Maskell, David, *Racine : a Theatrical Reading*, Oxford, Clarendon, 1991.

Mauron, Charles, *L'Inconscient dans l'œuvre et la vie de Jean Racine*, Ophrys, 1957.

May, Georges, *Tragédie cornélienne, tragédie racinienne. Étude sur les sources de l'intérêt dramatique*, Urbana, University of Illinois Press, 1948.

Morel, Jacques, *La Tragédie*, Armand Colin, 1964.

Morel, Jacques, *Racine*, Bordas, 1992.

Morel, Jacques, *Agréables mensonges. Essais sur le théâtre français du XVIIe siècle*, Klincksieck, 1991.

Mourgues, Odette de, *Autonomie de Racine*, Corti, 1967.

Niderst, Alain, *Les Tragédies de Racine. Diversité et unité*, Nizet, 1975.

Parish, Richard, *Racine : the Limits of Tragedy*, PFSCL/ Biblio 17, 74, Paris-Seattle-Tübingen, 1993.

Phillips, Henry, *Racine : Language and Theater*, University of Durham, 1994.

Picard, Raymond, *Corpus racinianum*, Les Belles Lettres, 1956 ; édition augmentée : *Nouveau Corpus racinianum*, éd. du CNRS, 1976.

Picard, Raymond, *La Carrière de Jean Racine*, Gallimard, 1956 ; édition augmentée, 1961.

Pommier, Jean, *Aspects de Racine*, Nizet, 1954.

Ratermanis, Janis B., *Essai sur les formes verbales dans les tragédies de Racine. Étude stylistique*, Nizet, 1972.

Revaz, Gilles, *La Représentation de la monarchie absolue dans le théâtre racinien. Analyses socio-discursives*, Éditions Kimé, 1998.

Rohou, Jean, *L'Évolution du tragique racinien*, SEDES, 1991.

Rohou, Jean, *Jean Racine entre sa carrière, son œuvre et son Dieu*, Fayard, 1992.

Rohou, Jean, *Jean Racine. Bilan critique*, Nathan, 1994.

Roubine, Jean-Jacques, *Lectures de Racine*, Armand Colin, 1971.

Scherer, Jacques, *La Dramaturgie classique en France*, Nizet, s.d. [1950].

Scherer, Jacques, *Racine et/ou la cérémonie*, PUF, 1982.

Sellier, Philippe, « Le jansénisme des tragédies de Racine. Réalité ou illusion ? », *Cahiers de l'Association Internationale des Études Françaises*, XXXI, mai 1979, p. 135-148.

Spencer, Catherine, *La Tragédie du prince. Étude du personnage médiateur dans le théâtre tragique de Racine*, Paris-Seattle-Tübingen, PFSCL/Biblio 17, 1987.

Spitzer, Leo, « L'effet de sourdine dans le style classique : Racine » (1931), dans *Études de style*, Gallimard, 1970, p. 208-335.

Tobin, Ronald W., *Racine and Seneca*, Chapel Hill, University of North Carolina Press, 1971.

Tobin, Ronald W., *Jean Racine Revisited*, New York, Twaynes Publishers, 1999.

Viala, Alain, *Racine. La Stratégie du caméléon*, Seghers, 1990.

Vinaver, Eugène, *Racine et la poésie tragique*, Nizet, 1951.

Weinberg, Bernard, *The Art of Jean Racine*, University of Chicago Press, 1963.

Zimmermann, Éléonore, *La Liberté et le Destin dans le théâtre de Racine*, Saratoga (Californie), Anma Libri, 1982 (rééd. Champion, 1999).

Zuber, Roger, et Cuénin, Micheline, *Le Classicisme (1660-1680)*, Arthaud, 1984 (rééd. Flammarion, 1998).

III. ÉTUDES SUR *ATHALIE*

Athalie, études réunies par Manuel Couvreur, Bruxelles, Le Cri, 1992.

Index du vocabulaire du théâtre classique (dir. P. Guiraud), *Racine-II : Index des mots d'Athalie, suivi d'une table des rimes*, éd. W. T. Bandy, Klincksieck, 1955.

Racine : la Romaine, la Turque et la Juive (*Regards sur Bérénice, Bajazet, Athalie*), études réunies par P. Ronzeaud, Aix-en-Provence, éd. de l'Université de Provence, 1986.

Benguigui, Lucien, *Racine et les sources juives d'*Esther *et d'*Athalie, L'Harmattan, 1995.

Cambrier, Maurice, *Racine et Madame de Maintenon : Esther et Athalie à Saint-Cyr*, Bruxelles, Durendal, 1949.

Coquerel, Athanase, *Athalie et Esther de Racine avec un commentaire biblique*, J. Cherbuliez, 1863.

Le Roy, Georges, *Réflexions sur la tragédie*, Letouzey et Ané, 1950 (plaquette de 60 p. tirée à 250 ex.).

Le Roy, Georges, Athalie *de Jean Racine*, Le Seuil, 1952 (version augmentée de l'ouvrage précédent : 272 p.).

Lichtenstein, Jéchiel, *Racine poète biblique*, Librairie Lipschütz, 1934.

Mongrédien, Georges, Athalie *de Racine*, Paris, Sfelt, 1946.

Orcibal, Jean, *La Genèse d'*Esther *et d'*Athalie, Vrin, 1950.

Piéjus, Anne, *Le Théâtre des demoiselles. Tragédie et musique à Saint-Cyr à la fin du Grand Siècle*, Société française de musicologie / Klincksieck, 2000.

Spillebout, Gabriel, *Le Vocabulaire biblique dans les tragédies sacrées de Racine*, Genève, Droz, 1968.

Backès, Jean-Louis, « La vieille dame fragile et l'enfant trop frais », dans *L'Imaginaire des âges de la vie*, Grenoble, ELLUG (Université Stendhal), 1996, p. 135-147.

Barthélemy, Maurice, « Les œuvres de Racine pour Saint-Cyr et le contexte musical contemporain », dans *Athalie*, ouvr. cit., p. 107-116.

Bastiaensen, Michel, « La Bible au théâtre », dans *Athalie*, ouvr. cit., p. 57-75.

Charlier, Gustave, « *Athalie* et la Révolution d'Angleterre », dans *De Ronsard à Victor Hugo. Problèmes d'histoire littéraire*, Université de Bruxelles, 1931, p. 137-166.

Chédozeau, Bernard, « Ultramontains, anglicans et gallicans devant *Athalie* », *Revue d'Histoire Littéraire de la France*, mars-avril 1990, p. 165-179.

Chédozeau, Bernard, « La dimension religieuse dans quelques tragédies de Racine : "Où fuir ?" », *Œuvres et critiques*, XXIV, 1, 1999 (« Présences de Racine »), p. 159-180.

Corti, Lilian, « Excremental vision and sublimation in Racine's *Athalie* », *French Forum*, janvier 1987, p. 43-53.

Couprie, Alain, « Le personnage du conseiller des rois dans *Bérénice, Bajazet* et *Athalie* », *L'Information littéraire*, janvier-février 1986, p. 6-11.

Couvreur, Manuel, « *Athalie*. Une dramaturgie du clair-obscur », dans *Athalie*, ouvr. cit., p. 13-32.

Delcroix, Maurice, « Le Songe d'Athalie », dans *Racine : La Romaine, la Turque et la Juive*, ouvr. cit., p. 27-45.

Dubu, Jean, « Les "comédies de dévotion" : genre dramatique ou mode ? », *Revue de l'histoire de Versailles et des Yvelines*, 75, 1991, p. 21-31.

Dubu, Jean, « Madame de Maintenon et Racine », dans *Les Demoiselles de Saint-Cyr, maison d'éducation (1686-1793)*, catalogue de l'exposition aux Archives départementales des Yvelines, février mai 1999, Somogy, 1999, p. 112-129.

Forman, Edward, « Lyrisme et tragique dans l'*Athalie* de Racine », dans *Dramaturgies. Langages dramatiques*, Mélanges Jacques Scherer, Nizet, 1986, p. 307-313.

Gheeraert, Tony, « Racine prophète sublime », *La Licorne*, 50, 1999 (« Racine poète »), p. 75-92.

Ginestier, Paul, « La problématique d'*Athalie* », *Newsletter of the Society for 17th Century French Studies*, 1983, p. 96-105.

Goyet, Thérèse, « Racine dans la dépendance de Bossuet. L'interprétation providentielle de l'histoire dans *Esther* et *Athalie* », *Annales littéraires de l'université de Besançon*, 2ᵉ série, I/4, 1954, p. 61-74.

Louvat, Bénédicte, « *Esther* et *Athalie*, tragédies avec musique : Racine et la dramaturgie de l'introduction musicale », *Tricentenaire de la mort de Jean Racine*, Actes du colloque d'Île-de-France (mai 1999), Bibliopolis, 2000.

Maskell, David, « The hand of God in religious drama : Racine, Boyer and Campistron », *Seventeenth Century French Studies*, 14, 1992, p. 119-131.

Mesnard, Jean, « Exégèse biblique et création dramaturgique : le cas d'*Athalie* », *Théâtre, Opéra, Ballet*, 2, 1996, p. 13-30.

Népote-Desmarres, Fanny, « *Esther* et *Athalie* au terme de la vision racinienne du pouvoir », dans *« Diversité c'est ma devise »*, *Mélanges Jürgen Grimm*, Paris-Seattle-Tübingen, Biblio 17, 1994, p. 361-373.

Piéjus, Anne, « La tragédie chrétienne : théâtre et musique à Saint-Cyr », *Littératures classiques*, 21, 1994, p. 139-148.

Staffieri, Gloria, « L'*Athalie* di Racine e l'oratorio romano alla fine del XVII secolo », *Revue de Musicologie*, 77, 1991, p. 291-310.

Stone, Harriet Amy, « The Seduction of the Father in *Phèdre* and *Athalie* », dans *Actes de Baton Rouge*, Tübingen, Biblio 17, 1986, p. 153-164.

Van Der Schueren, Éric, « *Athalie*. Voiles et lumières de l'Écriture sainte », dans *Athalie*, ouvr. cit., p. 33-54.

Venesoen, Constant, « *Athalie* ou le demi-échec de la théologie tragique », dans *Racine. Mythes et réalité*. Actes du Colloque Racine (London, Canada, 1974), éd. Constant Venesoen, Librairie d'Argences, 1976, p. 25-51.

Vincent, Grégoire, « La femme et la loi dans la perspective des pièces bibliques raciniennes représentées à Saint-Cyr », *xviiᵉ Siècle*, 179, 1993, p. 323-336.

Voltz, Pierre, « *Bérénice, Bajazet, Athalie :* réflexions dramatur-
    giques à partir de la notion d'espace dans la tragédie raci-
    nienne », dans *Racine, la Romaine, la Turque et la Juive*, p. 51-80.

IV. AUTOUR D'*ATHALIE*

(contexte littéraire, musical, historique et religieux)

Le Grand Siècle et la Bible, éd. Jean-Robert Armogathe, Beauchesne,
    1989.
Les Demoiselles de Saint-Cyr, maison d'éducation (1686-1793), cata-
    logue de l'exposition aux Archives départementales des Yve-
    lines, février-mai 1999, Somogy, 1999.
« Tricentenaire de la fondation de la maison royale de Saint-Cyr »,
    Actes du colloque de Saint-Cyr (23-24 juin 1986), *Revue de l'his-
    toire de Versailles et des Yvelines*, 74, 1990, 75, 1991.

Anthony, James R., *La Musique en France à l'époque baroque. De Beau-
    joyeulx à Rameau*, trad. Béatrice Vierne, Flammarion, « Harmo-
    niques », 1982.
Bert, Marie, « La musique à la maison royale de Saint-Louis à
    Saint-Cyr », dans *Recherches sur la musique française classique*, III,
    1963, p. 55-71 ; IV, 1964, p. 127-131 ; V, 1965, p. 91-125.
Chédozeau, Bernard, *La Bible et la liturgie en français. L'Église tri-
    dentine et les traductions bibliques et liturgiques (1600-1789)*, Le
    Cerf, 1990.
Cocâtre-Zilgien, Philippe, et Neveu, Bruno, « Saint-Cyr, institut
    religieux et fondation royale », dans « Tricentenaire de la fon-
    dation de la maison royale de Saint-Cyr… », *Revue de l'histoire de
    Versailles et des Yvelines*, 74, 1990, p. 21-39.
Daniélou, Madeleine, *Madame de Maintenon, éducatrice*, Bloud et
    Gay, 1946.
Fougeyrollas, Claude-André, *Bibliographie générale de Madame de
    Maintenon et de la maison royale de Saint-Louis*, Niort, l'auteur,
    1986.
Girard, Françoise, « Le système éducatif à Saint-Cyr », dans « Tri-
    centenaire de la fondation de la maison royale de Saint-Cyr… »,
    Revue de l'histoire de Versailles et des Yvelines, 74, 1990, p. 53-85.
Grear, Allison, « Les enfants dans le théâtre français du dix-sep-
    tième siècle », *Revue d'Histoire du Théâtre*, 1991/4, p. 299-304.

Guelfi, Julien, *Madame de Maintenon, 1635-1719*, Lyon, L'Hermès, 1986.

Lavallée, Théophile, *Histoire de la maison royale de Saint-Cyr (1686-1793)*, Furne, 1853 ; rééd. sans changement : *Madame de Maintenon et la maison royale de Saint-Cyr (1686-1793)*, Plon, 1862.

Mazouer, Charles, «Les tragédies bibliques sont-elles tragiques?», *Littératures classiques*, 16, 1992, p. 125-140.

Neveu, Bruno, «La maison de Saint-Cyr au temps de Racine», dans *Athalie*, ouvr. cit., p. 77-88.

Piéjus, Anne, «Jean-Baptiste Moreau et la tragédie religieuse à Saint-Cyr», dans *Athalie*, ouvr. cit., p. 117-131.

Prévot, Jacques, *La Première Institutrice de France. Madame de Maintenon*, Paris, Belin, 1981.

Taphanel, Achille, *Le Théâtre de Saint-Cyr*, Versailles, Cerf et fils, Paris, Baudry, 1876.

RÉSUMÉ

ACTE I

Le jour de la Pentecôte, à l'aube, dans le vestibule du temple de Jérusalem, le général Abner exprime son désarroi devant le grand prêtre Joad : depuis qu'Athalie est montée sur le trône du royaume de Juda, les festivités solennelles ont été étouffées, et il exprime son inquiétude et pour le temple et pour Joad lui-même, menacés par la folie destructrice d'Athalie (depuis longtemps convertie au culte de Baal) et par la jalousie furieuse de Mathan, le grand prêtre de Baal. Joad l'encourage à avoir une foi entière en Dieu et, devant les doutes d'Abner qui rappelle qu'Athalie a fait périr jusqu'au dernier descendant du roi David, il lui laisse espérer que le jour ne se passera pas sans que Dieu se soit manifesté et l'invite à revenir au temple quelques heures plus tard (sc. 1). À sa femme Josabet (demi-sœur du roi défunt et belle-fille d'Athalie), Joad annonce que face à la menace qui pèse sur le temple il est temps de proclamer roi l'enfant qu'elle a quelques années plus tôt secrètement sauvé du massacre des enfants royaux ordonné par Athalie (enfant qui est aussi son neveu) : l'inquiétude de Josabet est à la mesure de ce terrible souvenir qui la hante, mais Joad réaffirme sa confiance en Dieu auquel il demande de plonger l'esprit de la reine dans un aveuglement qui causera sa perte. Voyant arriver les jeunes filles du chœur conduites par leurs deux enfants, Zacharie et Salomith, il sort pour préparer le sacrifice solennel (sc. 2). Josabet envoie Zacharie rejoindre son père et invite les jeunes filles à chanter la gloire de Dieu tandis qu'elle-même s'éloigne pour se préparer (sc. 3). Le chœur chante (sc. 4).

Josabet interrompt le chant en invitant les jeunes filles à la suivre dans le temple (sc. 1), mais l'entrée précipitée de Zacharie arrête leur marche : il raconte que l'apparition sacrilège d'Athalie vient d'interrompre le sacrifice et que la reine, violemment repoussée par Joad, a jeté des regards effrayés vers le jeune Éliacin qui servait le grand prêtre aux côtés de Zacharie. Tous s'enfuient à l'apparition d'Athalie (sc. 2) qui entre accompagnée d'Abner et de sa suite : extrêmement troublée, elle envoie chercher Mathan (sc. 3). À Abner qui justifie la violente réaction de Joad, elle laisse entendre qu'elle a de plus grandes préoccupations et lui demande de rester auprès d'elle malgré l'arrivée de Mathan (sc. 4). Elle raconte aux deux hommes qu'elle est troublée depuis trois jours par le retour d'un terrible songe : sa mère Jézabel lui apparaît, lui annonce sa chute et, lorsque Athalie lui tend les bras, se transforme en un cadavre sanglant ; alors apparaît un jeune enfant plein d'innocence, revêtu de l'habit des prêtres hébreux, qui lui plonge un poignard dans la poitrine ; c'est le même enfant que, quelques minutes plus tôt, elle a cru reconnaître aux côtés du grand prêtre. Mathan estime qu'il faut faire périr cet enfant, quel qu'il soit, tandis qu'Abner défend son innocence ; Athalie, désireuse de le voir de près, demande à Abner de le lui amener (sc. 5). Mathan profite de l'absence du général pour insinuer l'idée que ce mystérieux enfant pourrait être utilisé contre elle par Joad : elle envoie alors Mathan mettre ses soldats en alerte (sc. 6). Entrent Abner et Josabet conduisant Éliacin et Zacharie, suivis du chœur : Athalie reconnaît bien l'enfant de son rêve, l'interroge sur son identité, mais devant son ignorance et la naïve sincérité de ses réponses elle se sent troublée par un sentiment inconnu qu'elle prend pour de la pitié ; elle lui propose de la suivre dans son palais où elle veut le traiter comme son fils, mais devant son refus horrifié elle reproche à Josabet de l'élever dans la haine et justifie les raisons qui l'ont conduite à massacrer ses propres petits-enfants pour venger l'assassinat de son fils ; elle sort menaçante (sc. 7). Joad, qui a tout entendu, renouvelle sa mystérieuse invitation à Abner et demande à tous les autres de le suivre pour purifier le temple de l'intervention sacrilège d'Athalie (sc. 8). Le chœur reste seul en scène et chante les malheurs de Sion et sa foi dans le châtiment que Dieu infligera aux méchants (sc. 9).

ACTE III

Mathan et son confident Nabal interrompent les cantiques du chœur des jeunes filles qui s'enfuient effrayées (sc. 1). À Zacharie qui vient leur barrer la route, Mathan annonce qu'il est porteur d'un message d'Athalie pour Josabet (sc. 2). Resté seul avec Nabal, il lui explique comment il a fait croire à Athalie que Joad commence à présenter l'enfant comme un nouveau Moïse, et il lui confie les raisons de sa haine envers le temple et Joad : né juif, il s'est vu préférer Joad pour l'emploi de grand prêtre et n'a eu de cesse en embrassant la religion de Baal de devenir son égal (sc. 3). Feignant d'être porteur de paix, il réclame en échange à Josabet l'enfant dont il feint d'entrevoir la mystérieuse origine (sc. 4). Joad, horrifié de découvrir Mathan dans l'enceinte du temple, le chasse sous de violentes imprécations (sc. 5). Inquiète, Josabet veut cacher à nouveau le jeune roi, qu'elle veut même conduire secrètement chez Jéhu, le roi du royaume voisin d'Israël ; mais Joad, qui ne veut s'appuyer que sur Dieu lui-même, décide au contraire de hâter la proclamation du jeune roi (sc. 6). Entrent plusieurs lévites suivis du chœur : informé que toutes les portes du temple sont bien closes et qu'il n'y a plus à attendre de secours que de Dieu, Joad entre dans une transe prophétique qui lui fait prédire d'abord les malheurs de Jérusalem, puis l'avènement de la «Jérusalem nouvelle» (l'Église chrétienne) ; il sort procéder à la distribution des armes de David, restées cachées dans le temple (sc. 7). Salomith et le chœur disent puis chantent leur inquiétude (sc. 8).

ACTE IV

Les chants s'interrompent à l'entrée d'une procession qui apporte la couronne et le glaive de David, et Josabet, émue, fait l'essai de la couronne sur le front d'Éliacin, qu'elle laisse seul avec Joad qui fait son entrée (sc. 1). Après avoir interrogé l'enfant sur les devoirs des rois, Joad se prosterne et lui annonce qu'il est Joas (sc. 2), puis il le présente aux chefs des lévites, qui prêtent serment de le rétablir sur le trône, tandis que Joas doit jurer de se conformer toujours à la loi de Dieu (sc. 3), enfin il l'offre aux embrassements de Josabet, de Zacharie et du chœur (sc. 4). On annonce que le temple est assiégé par les troupes d'Athalie : Joad donne ses ordres aux chefs des lévites pour la défense du temple et emmène le roi pour le couronner à l'intérieur (sc. 5), laissant Salomith et le chœur invoquer Dieu (sc. 6).

ACTE V

Tandis que Zacharie vient raconter à Salomith et au chœur le couronnement de Joas devant la foule des lévites en armes, on annonce l'entrée rassurante d'Abner dans le temple (sc. 1). Il explique à Joad qu'Athalie, après l'avoir emprisonné, l'a chargé d'annoncer qu'elle s'apprête à détruire le temple à moins qu'on ne lui donne et l'enfant et le trésor secret du roi David ; il le supplie désespérément d'accepter ou bien de lui donner une arme pour qu'il meure avec eux ; mais Joad l'envoie répondre à Athalie qu'il est prêt à lui montrer ce qu'elle demande si elle entre dans le temple accompagnée d'une escorte militaire réduite (sc. 2). Abner sorti, Joad donne quelques ordres, fait préparer le trône de Joas (sc. 3), cache tous les lévites en armes et masque Joas derrière un rideau, tandis que l'on annonce l'entrée d'Athalie et de sa suite dans le temple (sc. 4). Devant Athalie qui réclame l'enfant et le trésor, Joad dévoile Joas en lui expliquant que cet enfant, fils du roi défunt, son propre petit-fils qu'elle avait cru faire mourir, est le seul trésor qui reste de David ; l'apparition de tous les lévites en armes empêche la suite d'Athalie de bouger et Abner se prosterne devant son roi (sc. 5). On annonce que les troupes d'Athalie se sont enfuies et que le temple est libre ; la reine reconnaît sa défaite devant le dieu des juifs, mais lance des imprécations contre Joas ; Joad ordonne qu'elle soit exécutée à l'instant hors du temple (sc. 6). Joas est inquiet des imprécations lancées contre lui par Athalie et tandis qu'on s'apprête à le conduire devant tout le peuple de Jérusalem (sc. 7), on vient confirmer l'exécution d'Athalie (sc. dernière).

DU MÊME AUTEUR

Dans la même collection

BÉRÉNICE. *Édition présentée et établie par Richard Parish.*

BAJAZET. *Édition présentée et établie par Christian Delmas.*

PHÈDRE. *Édition présentée et établie par Christian Delmas et Georges Forestier.*

IPHIGÉNIE. *Édition présentée et établie par Georges Forestier.*

MITHRIDATE. *Édition présentée et établie par Georges Forestier.*

Dans la collection Folio classique

THÉÂTRE COMPLET, tomes 1 et 2. *Édition présentée et établie par Jean-Pierre Collinet.*

ANDROMAQUE. *Préface de Raymond Picard. Édition établie par Jean-Pierre Collinet.*

PHÈDRE. *Édition présentée et établie par Raymond Picard.*

BRITANNICUS. *Édition présentée et établie par Georges Forestier.*

Dans la collection Poésie/Gallimard

CANTIQUES SPIRITUELS et autres poèmes. *Édition présentée par Jean-Pierre Lemaire.*

*Composition Interligne
et impression Bussière Camedan Imprimeries
à Saint-Amand (Cher), le 15 mars 2001.
Dépôt légal : mars 2001.
Numéro d'imprimeur : 011403/1.*
ISBN 2-07-040480-3./Imprimé en France.

85175